JN183215

息子の流儀と私

――知恵なきことを悲しみとせず

鎌倉育子

竹林館

息子の流儀と私

——知恵なきことを悲しみとせず

はじめに

今年は私たちが結婚して五十年、金婚式を迎える記念の年です。この半世紀よくぞ無事で過ごせたことと感慨深い。

その陰に我が家を守り家族を育ててくれた、伴侶の的確な日常生活への対処と前向きな決断があったことが見逃せない。

夫である私が外航貨物船の船乗りであることで、前半の二十五年間、妻は実質的に世帯主と父親そして母親の一人三役を務めていたことになる。

一方、船上の私は広大な大洋を隔てた世界各地の港へと東航西航、次いで南北の航海を重ねながら時々刻々変化する仕事の連続に汗を流していた。

そして、五十年、彼女の手元には「連絡帳」という実に五十冊を超える記録が保存されており、私の書棚には乗船した数々の船の航海記録と世界の寄港地の実情を一行メモに記述したノートが十数冊ある。

二人で過ぎた日に思いを巡らすとき、これらの記録が当時の出来事をまざまざと目覚めさせてくれる。

この度、長い年月に重ねた体験、今では彼女の血となり流れている数々の思いを文章に残そうと冊子の作成に取り組みました。ダイニングの隅に置かれたデスクに向かい、夜遅くまで背を丸めてパソコンを打つ姿に頑張れと同時に、体もいたわってほしいとの思いを抱きながら見守ってきました。

見かけによらず気の強い彼女はよく腹を立てる。それは弱者をないがしろにしたり、蔑む言動をテレビや新聞で見聞きするときに爆発させるのです。

その根底には絶えず重度自閉症者の息子の存在があり、彼の尊厳を傷つける行為や発言には断じて立ち向かう覚悟を持っている証です。

その一方では、周りの人たちとの関係を保ちながら、自らの人生、生活をより良く高めていくには、何事にも誠意を示すことを怠ってはならないという強い信念を持っているのです。

こうした彼女の生き方と折々の思いを読み取っていただければ、この上もない喜びであります。

最後になりましたが、この小冊子を手がけるにあたっては、国際印刷出版研究所喜田りえ子氏の核心をついたご助言をいただき、本当にありがとうございました。

また、たとえ小さくとも人々の役に立つ、心に残る書籍を作るという視点を忘れてはならないと、出版に至るまでの推敲・編集・装丁を注意深く取り進めていただいた竹林館の左子真由美氏に心より感謝申しあげます。

平成二十八年　七月

鎌倉四郎

目次

私の原点

穏やかな日々に

息子の流儀と私

――知恵なきことを悲しみとせず

息子の流儀と私

草笛の家

三十七歳の息子が家を出た。

結婚したからでも、勤務地が変わったからでもない。

自閉と知的に重度の障がいを持つ彼の意思など、かけらほどもない、夫と私の苦渋の決断の末である。

十三年前、私が癌を宣告され二十一日間の入院生活を送ったときは、夫はもちろん、結婚した二人の娘や友人知人に助けられ、なんとか切り抜けられたというのに。七十歳を前にして、どうにも体力、気力に限界を感じるようになってきた。

そんな折、一緒に頑張ってきた仲間が障がいを持つ娘さんを残して亡くなった。

将来を託されたご姉妹の苦労を目のあたりにして、やっと、息子を施設に託す決心が着いた。

真夏のように暑い十月一日、大きな荷物を両手に草笛の家を訪れた。

施設の中はひんやりと爽やかな空気が漂い、支援員や入居されている人が、玄関ホールに集まってこられ、「いらっしゃい」「おかえり」「初めての人？」などと声をかけてくださる。息子はこれから家ではなく此処で「おかえり」と、迎えてもらうのだと思うと鼻の奥がキュンと痛くなる。

二階の居室に入り、衣類の整理などを済ませると帰る時間になった。

「じゃあ帰るね、また来るから…」と声をかけたが、ベッドの端に腰を掛け黙って背を向けたままだ。

階段を下り、食堂に続く廊下に出るとカレーの香ばしい香りが漂ってきた。我が家と同じ匂いだ。息子は毎日でも食べたいほどカレー好きである。このカレーが食べられる限り息子は頑張れるだろう…何の根拠もない安心感を胸に押し込み、施設を後にした。

帰り道、無言で車を運転する夫が、

「三十七歳のおっさんや、心配するな」と、ボソリと呟く。

「よく言うよ…」私は夫の横顔を見つめた。

息子の施設入所を娘たちに相談したとき、声を詰まらせて満足に喋れなかった夫である。そのとき、長女から言われた言葉に教えられたのだ。

「お父さんやお母さんの気持ちは私も子供を持つ身だからよく分かるよ、でも彼自身も鎌倉という家を出なければ、自分の存在というものが理解できないんじゃあないかな…　私も結婚して実家を出て初めて、自分自身が分かったというか…客観的に鎌倉家というものが理解できたような気がするんよ、彼も、お父さんやお母さんの庇護から離れることが必要なんじゃないかな、今がそのチャンスのような気がする」

目に涙を浮かべ夫と私は長女の言葉に耳を傾けた。負うた子に教えられである。

幼い頃から、障がいのある弟に母親を取られたような娘たちであった。

進路を決める懇談でさえ、弟の後について教室を出たり入ったりする親の姿を見ながら成長した。

娘から、弟を思う言葉が聞けたことは親冥利に尽きると思った。

何歳になっても、親が子供を思う気持ちは変わらない。ましてや障がいを持つ子供への情愛はより深い。それは他人から見て過保護と思われることもある反面、日本では親が自分の人生を犠牲にしてでも子供の面倒を見ることが、美談として語られる場合もある。

けれど、それが子供の自立を阻む一因となれば、犠牲になるのは子供かも知れない。そんなことも考え続けてやっと下した決断であった。

「ああ、二、三日でも離れていられたら」と、いつも思っていた私だが、一週間後の息子の帰宅日が今から待ち遠しい。

パンほどの私

昭和五十六年四月、息子は地域の小学校に入学した。在籍したクラスは「特殊学級」と呼ばれていたが、さすがに教室前のプレートには「なかよし学級」と書かれていた。

しかし、公式の文書では「特殊教育」が通用していた時代である。今なら言えるだろう「特殊って何ですか？　普通じゃないからですか？　いろいろあっていいんじゃないですか？　人間だもの」と、相田みつをさん風に。

でもその頃、私には息子がつかみどころのない、宇宙人のような存在であった。母親の本能で、何かが違う、上の二人の娘には感じなかった違和感があった。養護学校（現支援学校）に通うようになった頃、周りのお母さんたちが自分の子供に私と同じことを感じていたことを知ったのだが。

当時は、その違いは私の育て方が原因？　だと思ったり、何かが息子を変えてくれるのではと、その何かを探し求め、スイミングや体操教室、障がい児サークルと息子を連れまわした。

思い返せば、息子は当時どんな気持ちで私の運転する車に乗っていたのだろう、スイミングのプールの中を漂いながら、どんな感情を抑えていたのだろう。親も一緒の和やかな雰囲気だったはずだが、彼にとっては意思に反したものばかりだったのではと、懺悔の念が湧いてくる。

時には多動になり、時には道の真ん中でじっと動かなくなる、拘《こだわ》りのきつい息子に振りまわされる日々だった。

「決して育て方の問題じゃありません。先天的な脳の機能障がいです、自閉症の方たちが私たちに教えてくれることはたくさんあります」と励ましてくださった医師の言葉に救われた日々でもあった。

褒められることの嬉しさも蔑まれることの悔しさも、幼い頃から十分心に留めていた息子なのに「早く、早く」「静かに!」「どうしてそんなことをするの?」が、私の常套句だった。

「育て方ではない」と言われ自責の念は薄らいでも、息子から教えられることがあるとは思えなかった私であった。


「これだれ？」

私は息子の人差指を彼の鼻先に向けて聞く。

「ぼく」

「そう、ぼくやね、そしたらこれは誰？」

私は自分の鼻先に自分の人差指をつけ息子に聞く、

「ぼく」

息子の答えが返ってくる。

「違うでしょ、お母さんでしょ、お、か、あ、さ、ん」

息子は、うんと頷いて、

「おかしゃん」

と反復する。

じゃあこれは誰？　もう一度私は自分の鼻先に指をあてる。

「ぼく」

やはり彼から返ってくるのは「ぼく」である。

こんなやり取りを繰り返し、

「もういい、ぼくでいいわ、お母さんはぼくです」

私の負けで終わる。息子は、傍で笑っている。

息子にとって、お母さんが僕でも何の不都合もないわけである。

他人と対人関係を結ぶことができにくい、自閉症の人は、◯◯さんと言うように自発的に呼びかけることが苦手だ。夫や私も彼から「お父さん」「お母さん」と呼ばれたことは一度もない。

私はとうにあきらめた。パンやごはん、コーヒーなどは言えるのだ。

息子が生きていくには必要な言葉、飢え死にすることはないだろう。

息子にとって、私はパンほどのものかもしれない。私はそれで満足だ。

高学歴の人が殺人事件を起こしたり、大金を横領したりするのを新聞記事やテレビで見ると、愚かにも私は安堵するのだ。

自分の子供は世間に顔向けのできないことは絶対にしないと、自信を持って言えるから。

最重度の障がいを持つ者は、殺人もできないという幸せを神様から与えられているのだ。

破られた通知表

長女が高校生の頃、小学生だった息子は紙破りが激しかった。

広告紙を細くリボンのように破き部屋中に紙のリボンが散乱していた。傍らに広告紙や新聞を積み上げ、まるで内職をするかのように真剣な表情である。

やり出すと拘り、何時間もそのことに没頭する。やめさせることは不可能だった。子供にとって、お絵かきや折り紙の対象になる紙類が、息子には破く対象でしかないという現実に打ちのめされた。

彼の周りに大事な書類を置かぬよう、手の届かぬ場所に置くように家族はピリピリと神経を使っていた。

にもかかわらず、夏休みを前に長女が持ち帰った通知表を、私がうっかり座卓に置いてしまったのである。ハッ！　と気付いたときは息子が手に持っていた。とっさに取り上げたが、通知表は十五センチほど破られていた。長女は何も言わなかった。弟をなじれば自分がみじめになるのは過去の経験から身に染みているのだろう。

その夜、担任の先生のご自宅に電話をした。息子の障がいを話し、私のうかつさをお詫びした。

夏休み明け、長女は何事もなかったかのように通知表をカバンに入れて登校した。

夕方帰宅した娘の表情は明るかったので私はホッと胸をなでおろした。

放課後職員室に呼ばれた娘に先生は、

「自分にも弟さんと同じ障がいを持った息子がいるんだ」と言われ、「弟さんにいろんな体験をさせてあげなさい、そしてお母さんを助けてあげてほしい」と話されたそうだ。自分たちと同じような家族がいたことに勇気づけられたのであろう、上気した娘の表情からはそんな思いが察せられた。

中年に成りつつある息子の後ろ姿を見ながら、娘の心に届いた先生の温かい言葉を思い出している。

とことん無力

早春のあたたかな日差しの中を行く息子の背はすっかりたくましくなった。養護学校（現支援学校）中学部に入学した頃は小柄だった彼も、高等部に進級すると、日に日に背が伸びだした。女の子に比べ、こんなにも一時期に背が伸びるのかと驚いたほどだ。

背は大人並みに伸びても相変わらずの拘りと、最小限の単語しか喋れないのは幼少の頃と変わらない。こうして散歩に出ても私が一人で喋っている。

「白菜の取り入れは、もう終わったねえ」

私は前を行く息子の背中に声をかける。この間まで両側の畑に並んでいた白菜はなく、辺りには農作業をする人影もない。静まり返った農道に、空からひばりのさえずりが下りてくるだけの昼下がり。

遠くからバイクのエンジンの音が聞こえてきた。二、三台のバイクが近づいてくる音をいち早く耳にした息子は案の定、両手で耳をふさいでいる。

小さい頃から息子は予期せぬ大きな音や、小さい子供の甲高い声が苦手で、特にすぐそばを通るバイクの音が怖いらしい。まるで恐ろしい災難から身を守るがごとく耳をふさいで身動きできなくなってしまう。

時にはあまりのたいそうな仕草に、バイクに乗ったお兄さんが引き返してきて、「文句あるんか！」とすごまれることもあったので、私の胸に不安が広がった。こんな、人っ子一人いないところで絡まれたらどうしよう…。

恐るおそる振り返ると、三台のバイクが爆音を響かせて近づいてきた。やんちゃそうな高校生らしき男の子が乗っている。

私は慌てて、道の真ん中でうずくまってしまった息子に叫んだ。

「道の端っこに寄りなさい！」

耳を塞いでいる息子に聞こえるはずもなく、とうとう三台のバイクに取り囲まれた。けれど、あどけなさが残る彼らの顔を見て怖さは感じなかった。

「どうしたん？」

「どっか具合悪いんか？」

やんちゃな彼らが心配してくれている。

「ちょっと耳鳴りがするみたい、もう大丈夫よ、ありがとう」

私の言葉に、彼らはしばらくバイクを手で押して行き、また爆音を響かせて遠ざかっていった。息子を見ると、しゃがんだままの姿勢で雑草の中の紫色の小さな花を見ている。

「負けるが勝ちよ、『やかましい！』なんて言ってたら、あんな優しい言葉をかけてくれなかったよねぇ」

私は息子の傍にしゃがんで呟いた。

そういえば、あの怖いお兄さんのときも、耳を塞いで身動きできない息子に「なんやねん…」と、戸惑ったように言い残して立ち去った。

とことんの無言、とことんの無力でしか息子たちが身を守る術はないのだ。

思案の末に

もはや、中年になってしまった息子だが、昔から息子はちょっとオシャレである。腰を据えてテレビを見るわけでもなく、一緒に遊ぶ友達がいるわけでもないのに、今どんな服装がカッコいいのか分かっているみたいだ。

若い頃、お店の陳列棚のTシャツを三、四枚取り出して、「どれがいい？」と選ばせると、必ず私から見てオシャレなカッコいいなと思うようなのを手に取った。

だぶだぶズボンが流行っているときは、腰骨で止まるようなズボン、スリムな方が流行のときはピチッとしたストレッチのきいた細いズボンを、たんすの引き出しから出してきた。ところが悲しいかな、四十歳になり運動不足でお腹が出てきた。

とてもスリムなズボンは無理である。それでも未練がましく穿《は》いては脱ぎを繰り返し、自分でも楽な方がいいと悟ったのか最近は、だぼだぼズボンばかり穿いている。髪の毛もだんだん寂しくなり、昔のカッコいい息子が、おっさんになっていくのは母親として少し寂しい。

幼児の頃のバタバタと慌ただしいまま、大人になっていくのだろうと想像していた私であったが、やはり息子にも平等に思春期が訪れ、青年という大人の入り口に近づく時期も通り過ぎてきた。人の顔などろくに見もしない彼に、異性への関心はないだろうと思っていた私の思惑が、バッサリと覆される場面を経験した。福祉作業所へ通いだしてすぐの頃だから二十歳になるかならない頃だったと思う。年に二度、虫歯予防を兼ね、障がい者も治療が受けられる病院の歯科に通っていたのだが、うっかり一年半の期間が開いたうちに、気がつけば虫歯になってしまった。息子を病院へ連れていくのは私にとっては大仕事である。

その手の建物はすぐに察しがつくので駐車場で車から降りるのを拒否する。そんな息子をなだめすかし、時には脅しも交えてやっと車から降りたと思ったら、トイレへ一目散に走り出す。

幸いなことに、女子と男子のトイレの区別をしっかり教え込んだのが功を奏し間違って入ることはなかった。その点だけでも私の負担は軽くなったのだが、治療の緊張感から何度も何度もトイレに駆けこむ。

歯の治療の緊張感は私も経験済みだから気持ちは痛いほど分かるのだが、バタバタと動き回る慌ただしさに私はぐったりと疲れてしまう。

そして、治療の椅子に座らせるのもひと苦労である。迷いに迷ってやっと座ったかと思えば瞬時に飛び降りトイレへ駆け出す。時には治療にかかれずベッドへ移って抑制バンドをして治療を受けることもあった。

その日も、駐車場で車を降りてからいつもどおりの慌ただしさで過ぎ、やっと名前を呼ばれた。ところが部屋に入った息子の様子がいつもと違う。

自分から椅子に座り、椅子を倒されてもそのままじっと動かない。

「?.?.?.」狐につままれたような気持ちで部屋を見回すと、なんと！　看護学生の実習の日であった。二十歳前後の女子学生があちらの椅子、こちらの椅子の傍に立っている。彼はすぐに気がついたのだろう。

「ははあん、いいところを見せようと思っているな」とあきれると同時に、彼なりの精いっぱいの感情表現に胸が熱くなった。

無関心だと思っていた彼にも、異性への関心があることを知った面映ゆさと同時に、少しうろたえてしまった母である。

異性への接し方が分からないため、誤解されやすい障がい者のことを聞くにつけ「できたら関心のない方が面倒がなくていいな」ぐらいに考えていた私に、「ぼくも健康な男性です」と彼の思いを突き付けられた気がした。


この病院へ通いだしたのは息子が十五、六歳頃だった。

初診の日、中年の白衣を着た女性から聞かれた。

「主治医は、声の大きいパキパキものを言う女医がいいですか？　優しい男の先生がいいですか？　息子さんはどちらが合いそう？」

これほどの心配りに感激した。町の歯医者では手に負えず、遠距離通院もいとわず来た甲斐があった。「優しい男の先生にお願いします」と頭を下げた。「それでは○○先生にお願いしておきますね」と優しく言われ、

「実は、女医は私でした、アハハハ」と豪快に笑って部屋を出ていかれた。

それからの息子は、○○先生の指示をよく聞き、暗室でのレントゲン検査、噛み合わせ状態を調べる検査も抵抗なく受けた。

ところが虫歯治療が始まると、治療器機の音や痛さに途端に落ち着きがなくなり、治療も困難を極めたが根気強い歯科衛生士の励ましと、必死に口を開ける息子の痛々しいまでの努力で虫歯治療を終えることができた。

実に二年近い月日を要したのであった。

障がいを生きる

息子が五、六歳の頃、自閉症の症状が顕著に出だした頃だった。

テレビを見ていたら、「母親にとって、男の子はほんと可愛いのよねえ」と言っている人がいた。傍には息子と同じ年頃の男の子が母親を見上げている。その子供を見つめる母親は今にもとろけそうな笑顔である。

私は「へえー」と思った。

私の息子は自分の母親と目も合わさず、外を歩けば道の真ん中で突然動かなくなる。手をつなぐことを嫌がり、ようやくつないだ手をするりとすり抜けどこかへ行ってしまう。そんな息子をこの先、その女の人のように、とろける笑顔で「可愛い」と言えるときが来るのだろうか…と。

ベタベタと甘えてまとわりついてきた次女、見知らぬ場所では私の手を握りしめて離さなかった長女。二人の子供たちと比べ、私はどこでどう息子の育て方を間違ってしまったのだろうか？　息子を前に途方に暮れる毎日だった。

やがて、健常児と同様に息子にも思春期が訪れた。周りのお母さん方からときどき耳にする壮絶な兆候はなく、比較的穏やかな日々であった。しかしその代償のように、息子はある日、大きな発作を起こす。

てんかんを重複していることが分かったのである。

医師からは常々「自閉症の人が思春期に大きな発作を起こすことはよくあることですから気を付けるように」と注意は受けていた。

てんかんという障がいが自閉症状を引き起こすのか、自閉症がてんかん発作を誘発させるのか、私には医学的な根拠は解らなかった。医師からも説明を受けたことはなかったが、初めての発作が夫も在宅した家の内で起きたことは不幸中の幸いであった。

しかし、全身痙攣と唇のチアノーゼを見て私と夫は取り乱してしまい、医師から聞いていた、「発作で死ぬことはありません。救急車など呼ばず落ち着いて安静にさせていれば大丈夫ですから」という注意をすっかり忘れ救急車を呼んでしまったのである。当然、救急車が病院に着くまでに発作は治まり、靴を持って乗るのを忘れたため、裸足で廊下を歩いてきた息子に、当直医が唖然とした光景は今も家族の語り草となっている。

突然、自分の全身を襲った痙攣を彼がどのように受け止めたのか、体の中に起こった大きな衝撃と、その苦しみから解き放たれたときの気持ちを、彼自身から聞きだせない、共有してやれないことが悲しくもどかしかった。

発作はその後不定期に起こった。時には私が運転している車の後部座席で、時には散歩途中の公園で、家の洗面所で、という風に特定の場所はなかった。ただ、彼自身、微かでも前兆を感じるのか、比較的安全な場所が多かった。公園のときも、夫との散歩途中で公園などに寄り道したことがない彼が公園に入っていき、ベンチに腰を下ろした瞬時に発作が起きた。

陽の照りつける公園のベンチで、痙攣に顔をゆがめる息子にどうしてやることもできないのは、「本当に辛かった…」と夫は言った。

以後、いつ起こるかもしれぬ発作に心を砕く日々が始まった。

「発作で死ぬことはない」と言われても、いつ何処で起こるか分からない発作で、転倒して打撲を負うことや、食事中の発作で食べ物を気管に詰める心配は常にあり、少しの前兆も見逃せない、と緊張を強いられる日々となった。

しかし、「三十代後半から脳も少しずつ老化して鈍感になり、大きな発作の心配はなくなりますよ」という医師の言葉どおり、三十代後半から現在まで発作は一度も起こしていない。

二つの障がいの一つからやっと息子は解放されたのだ。

共に生きる

息子が施設で生活を始めてから、六年が過ぎようとしている。

私にとっては、ついこの間のような不思議な感覚にとらわれることもあるが、それは当初、危惧していたような事態が起こらず順調に息子が新しい環境に馴染んでくれたことに他ならない。

帰宅周期を二週に一度、二泊三日とする慣例をしばらくの間、一週間の間隔にしてもらったことや、入所以前にときどきショートステイを利用していたことも大きかった。そうはいっても一週間後初めて帰宅したときの、少し疲れたような寂しげな息子の顔を忘れることはできない。

「どうしてこの家で一緒に暮らせないんだ?」と言葉で問いかけられない彼の辛さが伝わり、親の身勝手さを責められているように思われた。

しかし、重度の障がいを持つ人にとって、親から自立して日常生活を送るには施設入所しかないのが現状である。

入所から三カ月が過ぎた帰宅日に挨拶を兼ねて、元通っていた福祉作業所に立ち寄ったことがある。車から降りた息子は戸口で立ち止まり中に入ろうとしなかった。事前に連絡を取っていたので、気付いた作業所の人たちが顔を出し、

「いやあ久しぶり、元気ですか？」

「中へ入ったら？　一緒にお茶でも飲みましょ」と、口々に声をかけていただいた。ところが喜々として入っていくだろうという私の予想をかわし、息子は車に戻ってしまったのである。笑顔で入ってくるだろうと思っていた作業所の人たちも予想外の様だった。

そんな彼の様子からは、

「ここに自分の居場所はないのだ」「自分は此処にいるべきではないのだ」

という覚悟のようなものが見え、私は思わず涙ぐみそうになった。

車を発車させてから、

「どうしたん？　作業所のこと忘れたの？」と、バックミラー越しに尋ねると、後部座席で照れたように微笑む息子の顔が見えた。こんな小さな出来事が、いつ

までも「これでよかったのだろうか？」「私がもっと頑張れば息子は家で過ごせたのではなかったか？」と、うじうじと思い悩む私の背中を押してくれた。

人の顔色を見たり、人におもねることのない息子にとって、施設での日常は私が案ずるより、マイペースで過ごせるのかも知れないと思えるようになった。そして自ら意思表示をしなければ、自分の要求が満たされにくい環境にあって、言葉や態度で少しでも伝えようとする気持ちが強くなったように感じられた。

如何に家庭において私が先走りして、彼の要求を先取りしていたかと反省させられる思いである。

帰宅日に施設まで迎えに行き部屋に入ると、洗濯された衣類が籠に入って置かれている。字が読める障がいの軽い軽度の人が、衣類に書かれた名前を読み取りそれぞれの籠に入れ分けてくれているのだ。

息子は籠から衣類を取り出し慣れた手つきで器用にたたんでいく。

それらを引き出しに入れるときになって、私が手伝おうとすると、その手を払い「自分でするから」と言わんばかりに、決めているであろう引き出しに入れていく。引き出しの中は下着やＴシャツがきっちりとならんで収まっている。

自分で取り出しやすいように工夫したであろうそれらを見ていると、作業所の前で示した彼の覚悟を思い出させるのであった。

施設では軽度の人が重度の人に手を貸す場面が見かけられる。施設の中で障がい者は共に生きているのである。

近年、経済や効率を重視し、軽度の人はグループホームへ、重度障がい者は施設に残るという施策が進んでいる。重度障がい者だけを一カ所に集めて管理する、これでは昔の隔離に等しいのではないかと思えてくる。

彼らは自ら好んで障がい者になったのではない、彼らが人間としての尊厳を失うことなく生を全うできるよう支えていくのは、健常者の私たちの務めではないだろうか。人はみんな歳を重ね老いていく。そして何らかの障がいを抱えながら余生を過ごすことになる。障がい者を受け入れる社会は健常者にとっても、安心して余生を過ごせる社会であると思う。

帰宅日
―ガイドヘルパーYさんと―

小学生や中学生の頃、息子は音楽が鳴り響くスーパーや人の大勢いる場所が苦手で、十分もいると帰りたがって大騒ぎした。

ところが今や大の買い物好きである。帰宅日で家に帰ってくると翌日の日曜日は「買い物、買い物」と言って落ち着かない。なるべく人の少ない開店早々に行くようにしているが自分が買いたいものを籠に入れれば即、終了、レジへ急いでいたのが、最近は「しょうがないなあ」という感じで付き合ってくれるようになった。

自分で手に取って買うものは毎回決まっている。お茶の葉とペットボトルのお茶、ポテトチップス、じゃがりこ等はもう拘りとなっているのでまず最初に籠に入れる。ポテトチップスなど家に帰れば見向きもしないのだが、なぜかいつも籠に入っている。「若者はポテチだぜ！」という彼の拘りだろう。ままま、ポテトチップスを忘れることがある。その代わり肉の売り場で立ち止まり、じっと眺めている。

この間も、お肉のケースの前で並んで覗き込んでいた私の目の前を、息子の手がさっと伸び、二百g千四百八十円の焼肉用バラのパックを籠に入れた。字も読めない彼の直感で選んだのであろう。お肉大好きの彼が自分から進んで買うのを覚えたら…と心穏やかではないが、夕飯の食卓に自分が選んで買った物が料理されて並ぶということは、彼に買い物と食事の関連を理解させる良い機会だと気付かされた。スーパーめぐりはますますエスカレートしそうである。

しかし、ここ数年で健脚の息子に付き合うのが体に堪えるようになってきた。昔は彼に付き合って、七千歩、八千歩歩くのはざらであった。特に思春期には体力の消耗が何より効果的だと聞いていた。同じ年頃の子供が熱中する野球やサッカーで体力を消耗することができない息子には、歩くしかなかった。

友人に勧められ、ガイドヘルパー制度を利用し月に一度、外出に付き合ってもらっている。ガイドヘルパーのYさんとは十年近いお付き合いになる。

ガイドをお願いして三回目の頃、息子がスーパーのトイレに入るときに、はめていた手袋を「持っていて」と言わぬばかりにYさんに手渡したそうだ。「信頼してくれているんだと、とても嬉しかったです」と笑顔で報告してくださった。そのように息子の気持ちを受け止めてくださるYさんの人柄に親の方も信頼感が増した。古市から藤井寺方面が電車での息子の許容範囲で、それ以上長く電車に乗ることは彼自身が拒否するので行動範囲はなかなか広がらない。

時には様子を見て吉野の方まで行くこともあるが、室内でじっとしているのは食事のときぐらい、後は買い物か外を歩くことしかない息子に付き合って、びっしょり汗をかきながら、

「私のダイエットになります」と、さらっと言ってくださるYさんには頭の下がる思いだ。このように地味で表に出ることのない人たちの努力で障がい者福祉の世界が支えられていることも忘れてはならないだろう。

男二人旅

息子は温泉が大好きだ。家族旅行の度に温泉を満喫して帰ってくる。宿に着いてすぐに入り、寝る前に入り、翌朝五時であろうが六時であろうが目覚めると同時に、「おんせん、おんせん」とうるさい。

幸い女の私が一緒に入るわけにいかないから、その役目は夫が負うことになるのだが、夫もお湯が大好きなのだからお互い似た者同士である。

そんな息子が、ある山深い温泉に行ったとき、彼のとった行動に夫が慌てふためくということがあった。

いつものように夕食を済ませた頃から「おんせん、おんせん」と、うるさく言っていた息子を待たせ、夜十時頃に夫は息子とお湯に入りに行った。

息子はジャグジー、打たせ湯と一通り全部に入らないと気が済まない。

その日も内湯に入り、誰もいない露天風呂に移って二人して「いい湯だなぁ」まではよかったのだが、突然空を見上げた息子が「わあ！」と叫ぶと湯船から飛び出し、脱衣所の方へ走り出した。不意を突かれた夫は慌ててタオルで前を隠し追いかける。そして間一髪、脱衣所から廊下へ出る手前で息子をつかまえ、事なきを得たのである。

もし、あのまま素っ裸で廊下を走っていたら、そして後から父親が素っ裸で追いかけていたら、いったい何罪になるのだろう？

想像するだけで可笑しくて、夫の受難を気の毒に思いながらも笑いが止まらない私であった。

ところで息子がいったい何に驚き飛び出していったかというと、山深い温泉の露天風呂に浸かって空を仰ぎ見ると、頭の上から山が覆いかぶさってくるように見える。夫も見上げて「うわぁ、すごい景色だなあ」と思ったそうだから、息子にとっては想像もしない景色だったのだろう。

とにかく、息子との旅はいつも波乱万丈である。奇異の目で見られたり蔑みの目で見られることも多いが、そのうち、開き直るか笑い飛ばすのが身についてくる。私がそういう心境になれるまでに長い年月を必要としたが。

世間を騒がす事件があった後には必ず、テレビでインタビューを受けた人は、

「そんな悪いことをする人には見えなかった、驚いている」、「明るくていつも挨拶をしてくれた」などと答えている。

普通に見える人たちが明日、凶悪事件を起こす人になるかもしれない、今の時代である。一見して普通ではないが人を妬んだり、人におもねることも、騙す知恵もない息子のような人間が一番安全に思えてくる。

私は大阪生まれの大阪人でよかったと最近しみじみ思っている。

大阪の人は多少の辛いことは冗談を言ったり、言われたりしてやり過ごす術を心得ているように思う。

私も息子が頓珍漢なことをしでかしても「なんでやねん」と自分で突っ込みを入れたり、息子の行動に唖然としたときも「そんなアホな」と、すっとぼけてみせ、深刻にならずに生きてこられた。

「障がい者で何が悪い？　悔しかったらなってみろ」

これは私が息子のことで傷ついたとき、胸の中で唱えた念仏である。

しかし、その念仏も唱えられないほどのショックを受けたことがある。

息子が小学校三年生の頃であった。長居にある、障がい者スポーツセンターからの帰り、地下鉄に乗ったときである。

一つだけ空いていた席に息子を座らせ私はその前に立っていた。当時、息子は靴を脱いで窓に向かって正座をし、外の景色を楽しんでいた。二、三歳の子供ならともかく、小学三年生が正座をして、外の景色も見えぬ地下鉄の窓を見ていれば誰の目にも奇異に映ったことだろう。

隣りには、無精ひげを生やし、手に飲みかけの缶ビールを持ったおじさんが座っていた。ほろ酔いのおじさんを見て私は悪い予感がした。

息子をじっと観察していたおじさんが私に向かって、

「大変やなあ」と。私は少しホッとした。絡まれずに済みそうだと。

ところが次におじさんの口から出た言葉は、私の念仏もどこかに吹っ飛んでしまうほどのものだった。

「せやけど、しょうないわなあ、ええことした後にできたんやから、それともしい方が悪かったんかもしれんなあ、こんな子ぉができたんは」と大きな声で言った。さすがの私も、おじさんの顔をにらみ続けるしかなかった。

周りの人は聞こえぬふりや、気まずそうに私とおじさんを見比べている。

「次は天王寺、てんのうじ」車内のアナウンスに救われた気持ちで、息子に靴を履かせていると「ぼく、かしこうにしいや」と、おじさんは手を振ったのだ。

今となっては、当時の私よりかなり年配だったおじさんの顔も忘れてしまったが、あの場の雰囲気だけは今も苦々しく思い出される。


息子が成人した頃から夫は息子と二人で出掛けることが多くなった。

私は「男二人旅」と格好をつけて言い、夫の背中を押している。

もちろん温泉行もその中に入っているのだが。

最近は○○の湯と呼ばれる、温泉とレストランを併設した施設が車で一時間余りの近場に幾つもでき、息子の温泉好きも拍車がかかった。

帰宅日に帰ってくるとすぐ「おんせん、おんせん」と、自分で用意をしだす慌ただしさだ。

彼にとっては、土地の名物も素晴らしい景色も目的ではなく、ただただ温泉にゆっくりと浸かりレストランで食事をし、母への土産物を買うだけで満足なのだ。

ところがそんな彼が家のお風呂はカラスの行水である。

五人の孫が一度に来てもいいように、大きなお風呂だけが自慢の我が家で、もっとゆっくり手足を伸ばして入ってもよさそうなのに。

ずっと納得のいかない私だったが、最近ある思いに至った。

彼にとって温泉に行くということは、おぼろげながら大人になったという自覚の表れではないかと。大勢の男の人たちに交じって温泉に浸かることは、彼に一種誇らしい気持ちを抱かせるのかもしれない。いつまでも子供扱いをする私たちにとって、息子の微かな矜持を垣間見る思いである。今では常連さんとなり、「あ、またあのお兄ちゃんが来てるな」と、そんな目で見てもらえるようになったようだ。

福祉制度が変わり、ガイドヘルパーに付き添われ、障がい者が街に出ていき易くなった。世間の人たちの障がい者への認識も少しずつ変わってきているように思う。けれど、最近よく新聞やテレビで報道される、街中で突然ナイフを振り回して人を傷つけたり、暴力をふるう若者の事件で、息子たちのような非力な障がい者にまで「怖い人」というレッテルを貼られることのないよう願わずにはおれない。

みちづれ

今年七十六歳になった私は、大学生から中学生まで五人の孫のお婆ちゃんであり、息子は四十三歳の叔父さんである。

退化一方の私は、今まで平気で歩けた四キロほどの距離がしんどくなり、探し物に明け暮れ、人の名前が出てこない。片や息子は健脚衰えず、帰宅日には、冷蔵庫を開け、入っている食材を品定めして「ハンバーグ」「おでん」「魚」と、単語のみで夕飯のオーダーを出してくる。

しかし、牛ミンチを見てハンバーグをイメージし、はんぺんやこんにゃくに気付き「おでん」をオーダーする息子に、「素晴らしい！」と、拍手を送る親ばかである。

私が息子に近づいたのか、彼が私に近づいたのか？　おそらく双方が同じレベルになる日も近いかもしれない。

その昔、宇宙人に見えた息子は、スーパーの重い荷物を両手に持ち、駐車場まで運んでくれる。障がいを怨まず、運命を嘆かず、淡々と生きている。もう何も望まない、今のまま元気でいてほしい。そして夫と私は、一日でも長生きをして帰宅日に息子を迎えてやりたい。

この母に生まれしことをよしとせよ
　ひとみの中のわれも老いたり

（自著短歌集『あしたに望みを』より）

私の原点

夢を見る夢に見る

本当に気味の悪い夢だった。

四十代、五十代の頃、多いときは一カ月に二、三度ぐらい見た。

歯が全部抜け、口の中がじゃりじゃりと小石を頬張ったようになる夢だ。

声を出そうと思っても、抜けた歯が口の中で動き回り声にならない。

目覚めたときはぐったりと疲れ、起きるのが辛かった。

どうしてこんな夢を見るのだろう、精神的に何か問題があるのだろうか？　体に異常がある前兆だろうか？　見るたびに気になった。

六十代になっていつしか見なくなり、そんな夢を見たことすら忘れかけていた頃、暇つぶしにパソコンを検索していたら、おやっと思う投稿が目に付いた。

「歯が全部抜ける夢をよく見ます。これって何か不吉なことの前兆でしょうか?」

同じ夢を見る人がいることに驚いた。そして自分だけじゃあなかったと、少しほっとした。占い師だったか、心理学者であったか記憶は定かでないのだが、回答は次のようなものだった。

「それはあなたが、何か達成でき得ないものを心の中に抱えているからです」

これを読んで、はたと思い当たった。

私が文章の勉強を始めた頃と、あの気味の悪い夢を見なくなった時期が一致するように思えたからだ。

私自身は占いや心理学者の言うことに、行動を左右されることがない人間だと思っているが、このことに関しては大いに納得させられたのだ。

私の周りでは子供が成長し、時間に余裕ができた友人たちはいろいろな習いごとに通いだす。障がい児を育てる私に唯一できることは、子供が寝静まってから食卓の隅で文章を綴ることであった。小さい頃から書くことが好きだった私はそれで充分満足していた。

ところが、息子が三十代に入り少し落ち着いてきた頃、もっと基礎から勉強したいという思いが強くなった。そして、今はもうお亡くなりになった藤本義一先生が総長をされていた、「作家養成スクール・心斎橋大学」に通うことを決めた。以後、毎日宿題を抱えた小学生のような日々を過ごして十年が過ぎた。若い仲間との交流で、みずみずしい感性に刺激を受けている。大きな結果は出せていないが確かな手応えを感じる日々でもある。何より、あの夢を見なくて済むことが嬉しい。

私が生まれ育ったのは、海水浴場で有名だった堺市浜寺の隣町、石津町だ。有名だったと、過去形で書かなければならないのは本当に残念である。

昭和三十二年から始まった、臨海工業地帯の造成により浜寺から大浜に至る海岸が埋め立てられてしまったのだ。

砂浜は姿を消し煙突が立ち、石油タンクの建ち並ぶ大工業コンビナートに変貌してしまった。

かつて、石津町は浜寺と大浜のちょうど中間にある漁師町だった。

松林に続くきれいな砂浜の浜寺と違って、石津の海岸は夕方には浜で干し広げられるイワシや雑魚の匂いが住宅地まで漂ってきたり、砂浜に干からびた雑魚の残骸が落ちていたりもしたが、子供の頃は海へ行って泳ぐのが、夏の遊びの一つであった。

飽きもせず海に入り貝を拾い、海水で冷えた体を熱い砂浜に寝そべって温めた。今でも目を瞑ると、強い日差しを受けた海面が輝きながら寄せては返すさまが脳裏に浮かぶ。

ところが、乳児の頃に患った中耳炎のため私は海で泳ぐことを禁じられていた。六人兄弟の三番目に生まれた私は、父が思いを込めて付けてくれたという名前の割には、いい加減に育てられた節がある。子だくさんの時代、どの家庭でも同じようなものだったのだろうが。

赤ん坊の頃に吐いた母乳が鼻から耳に入り気付かれなかったため、慢性の中耳炎になってしまったのだ。

私も三人の子供を育てた経験から、生後半年までの子供は本当によく母乳を吐くことは経験している。育児書には「授乳の後は必ず赤ちゃんを立て抱きにして、十分ゲップを出させてから寝かせましょう」と書かれていた。

乳児期に罹った中耳炎がその後、成人しても私を悩ますことになるのだが、子供の頃はみんなと一緒に泳げないのが唯一悩ましいことであった。

小学校四年生頃までは、親の言いつけに背いて海に入っていた。

海辺には漁の舟なのか、長さが五メートルほどの手漕ぎの舟が引き上げられていた。女の子は魚の臭いの染みついた舟の中にすっぽりと入り、水着に着替えるのだった。

大人は仕事に忙しく、悠長に泳いでいる人など見かけなかった。

帽子も被らず、炎天下で一時間以上も子供ばかりでいて、よく何事もなかったことだと、思い返しても安全でおおらかな時代だったと感慨深い。

泳ぎは禁止されていても言いつけを守り、貝を拾ったり砂で小山を作ったりするのは数分と持たない。

波打ち際に行って座り、お腹の辺りまで波をかぶると我慢できず、気がついたら服のまま立ち泳ぎ。

私たち浜っ子は、小学二年生の頃には誰に教えてもらわなくとも、泳げるようになっている。いくら顔を出して泳いでいても、大きな波が来れば頭から波をかぶり、それをきっかけに「エイッ」とばかり、潜ってしまう。たちまち耳の奥にキーンという鋭い痛みが走り、「ああ、またやってしまった！」と、悔やんでも後の祭りである。

濡れた服のまま波打ち際に座り、寒さに震えながら、楽しそうな仲間を眺めるときの孤独感。

そしてその夜は耳の痛さに眠れぬ夜を過ごすことになる。

「何度言っても分からん子やねぇ、今日お医者へ行ってきなさい」と、子供心をどこかに置き忘れた母から叱られた。

学校から帰ると、太陽橋を渡り、隣り町にある耳鼻科のお医者さんまで一人で通った。夕暮れ時、橋のたもとから見えた海に沈んでいく大きな夕日を今でもときどき思い出す。

そんな少女期を過ごしたためか、若い頃からときどき見る夢は海に潜って泳いでいる夢である。それも着衣のままということは、よほどあのときの悔しさが染み付いているのだろう。

耳の痛さを気にせず海中に潜ったり、突堤から飛び込んだりすることは、私にとっては夢にまで見ることだったのだと、今更に思うのである。

育子さん

私の名は育子である。父が付けてくれた名前だと聞いていた。小さい頃、私は自分の名が嫌いだった。小学生のとき、担任の先生が出席を取りながら「育子か、よう育ったなあ」と、私を見て笑いながら言った。

食糧事情の悪い昭和二十年代、級友は似たり寄ったりの体格をしていたが、食が細くとりわけ痩せていた私はそれ以来、意地の悪い男の子に、

「育子、よう育ったなあ」と、からかわれた。

名前なんて、明日にでも変えられると思っていた幼い私は父に抗議した。

「何で育子なんて名前付けたん？　私この名前嫌いや、今すぐ変えてほしい」

父は私の悩みなど知る由もなく笑っていた。

しかし、平凡な名前なのに意外と、育子という字の人に出会うことがなかった。

育子という名に込められた父の思いを知ったのは、父の十三回忌の法要の席だっ

た。

私と二つ違いの兄は生後八カ月で、重い腸の病気に罹り、医者通いの毎日だったそうだ。子煩悩な父の心配は尽きなかったという。

その一年後に産まれたのが私である。

病弱な長男を抱え、次に生まれてくる子には、「丈夫に育ってほしい、つつがなく育ってほしい」という願いが強かったのは当然である。そんな父の一念が込められた「育子」だった。

ところが、父の思いを知ってから十余年が過ぎた最近になって、めったにお目にかかれないと思っていた同じ名を目にすることが多くなった。

最初、新聞の投稿欄に育子という名の女性が書いた掲載文を見たときは、「おや珍しい、同名の人が」と思う程度だった。

次はテレビに登場した。

NHK、朝の連続テレビ小説『おひさま』に、満島ひかりが演じる主人公の友人筒井育子として。

なんだか最近、育子さんによくお目にかかるなあと思っていた矢先、極め付けが現れた。

忘れもしない八月、買い物帰りに寄った書店で、本の帯に書かれた、「夫、吉村昭との最期の日々」に興味を抱き、津村節子さんが著された私小説『紅梅』を購入した。家に帰って、早速ページを繰った私は本を落としそうになった。

主人公が育子なのだ。

ページのあちらこちらに育子は、育子が、とちりばめられている。

育子は津村さんの本名なのだろうか？　他の人にはどうでもよいようなことが気になって仕方がなかった。

それから十日も経たないお盆の頃、何気なく点けたテレビに、『奈良の大家族のママ育子さん』とのタイトルが。

その六日後の八月二十二日付朝刊に、またもや育子さんが現れたのだ。

東日本大震災で、いまだ避難生活を余儀なくされている岩手県陸前高田市の仮設住宅で取材されていた。

津波で夫を亡くした六十九歳の女性が息子の嫁育子さんと、五月に生まれた孫と三人で写真に収まっている。育子さんは、東日本大震災の二カ月後に出産という大事を成し遂げたのだ。

不思議な育子さん現象だなぁと思う間もなく、新聞を読んでいた私は寄託欄に、高額の寄付者○○育子さんの名を目にした。

そして同じ日の夜、

ＮＨＫスペシャル『北極圏に生きる』

——地球最北の村で暮らす日本人イヌイット——大島育雄さん。

テレビにアザラシを追う育雄さんが映っている。

ついに男性にまで目がいってしまった。

最初の育子さんと紙面で出会ってから七カ月の間に、新聞で、テレビで、書籍で六人の育子さんのことを知った。

それまで知り得なかった育子さんたち。

今日も日本の津々浦々で、彼女たちの人生が続いているのだろう。

約束

人は「守れなかった約束」や「守られなかった約束」を覚えているのだろうか。

思えば、私の人生で、約束を反故にされ、立ち上がれないほどの思いをした経験はない。

ましてや、ドラマで観るような、他人の人生を狂わせるほどの約束をしたこともない。

それはそれで、幸運な人生だったといえるかもしれないが。

そんな私でも、七十年の歳月の間にはいろんな人と、「今度お会いしたときにはきっと」という類の言葉は、数知れず交わしたはずである。しかし、今思い出そうとしても、どんな約束をして、それが守られたのか、自分が守れなかったのか、朧《おぼろ》なのだ。

なにも私が認知症の入り口に立たされているという訳ではない。

「大丈夫ですか？」と、聞かれれば自信はないのだが。

守らなかったことも、守られなかった約束も、それなりの事情があるのだと、過去に執着しない性格ともあいまって、自分の気持の中で折り合いを付けてしまっているのかも知れない。

これが年齢を重ねるということだろう。

その折々で「怒り心頭に発した」ことや「申し訳なさで眠れぬ夜を過ごした」ことも「期待に胸を躍らせた」こともあったに違いない。

けれど、それらはまるで旅先の景色や美味しかった食べ物と同じように、日常の雑事の中に紛れ込み、感慨深く思い出すこともなくなっている。

考えるうち、この感覚で本当に大丈夫か？　心配になった私は夫に聞いた。

「今まで、人と約束したこと覚えてる？」

突然のことに一瞬、夫は身構えた。

「私、取り立てて思い出せないんだけど、大丈夫かな？」

宙を仰いで考えていた夫が、

「そう言われれば、自分もそうだ」と言い、

「人生、残り少のうなった証拠と違うか？」と言った。
なるほど、人生は約束事の連なりで成り立っている。
にもかかわらず、若者は過去に執着し、現在、未来の約束に夢を託す。
長い人生を歩んできた者にとっては、過去も未来もみんな朧だ。
辛いことも悲しかったことも忘却の彼方に。
老いることの幸せがあるとすれば、こういうことかも知れない。

私の原点

私の文章の原点は、息子の学校の連絡帳だったように思う。障がい児通園施設に始まり、養護学校（現支援学校）高等部まで、いや、三十六歳まで通った福祉作業所にも連絡帳があった。その間に書き留めた五十数冊の連絡帳が段ボール箱の中に収まっている。

なかでも地域の小学校の六年間は、言葉を持たない息子に代わり、先生との連絡帳のやり取りで、どうにか学校の様子が分かる毎日だった。

食欲から寝つきの良し悪しに至るまで、事細かに書かずにはおれなかった。担任にとっては、ずいぶん気の重い保護者だったことだろう。

何事にも興味を示さず、反応のない児童を相手の一日は、どんなに苦労の多い日々だったかと、連絡帳を読み返しては頭の下がる思いだ。

「自閉症」という、当時はほとんど理解されていなかった障がいを持つ息子のことを、「受け入れてほしい」という親の切実な思いに駆られて書いた。

障がいがたとえ自らを閉じるという悲しい名前であっても、決して心を閉ざしているのではなく、健常児と同じように「喜びや不安」を感じる心を持ちながら、先天性の機能障がいのため言葉や動作で表現できない息子である。

その孤独感と、もどかしさは私自身のものでもあり、息子のことを書きながら自分の思いも書いていたような気がする。

読み返せば未熟な自分と、空回りの必死さを痛々しく思うこともある。息子の感情の機微を連絡帳でどのように伝えればいいか。

拙いながらも文章を書く上での基本を学んでいたような気がする。

そして、息子の障がいを通して弱者に対する世間の出来事に思いが行くようになった。一緒に学んだ級友が将来社会に出たとき、障がい者を理解してくれる大人になってほしいと、願って書いた小学校の卒業文集。

養護学校時代も折々に、障がい児を持つ親の気持ちや家庭のことなどを書かせていただいた。そのことが今につながり、私を支えてくれている。

れんらく帳
Campus
かまくら
れんらくちょう
かまくら そういち

朝が来ぬ夜はない

「朝が来ぬ夜はない」「この世で起こったことはこの世で終わる」

「情けは人の為ならず」


子供の頃からお婆ちゃんっ子であった私を、実家の近くに住んでいた祖母は、買い物や親せきを訪ねる折によく同伴させた。思い返せばあの頃は親戚同士の付き合いが密であった時代だとつくづく思い返される。

今なら電話で済ませてしまう用件も、手土産持参で訪ねて行った。

そこで交わされる大人の会話を小耳にはさみ、当時の子供たちは人との付き合いを学んでいたように思う。

さて、「朝が来ぬ夜はない」「この世で起こったことは…」である。

これらの言葉は、少女の頃に母を失い、妹は他家に預けられ、堺で手広く商売をしていた父の放蕩、結婚十余年で夫と死別、息子を戦争にとられるという過酷な人生を送った祖母から呪文のように聞かされた言葉である。

若い頃は「また同じことを言っているわ」と聞き流していた言葉が、障がいを持つ息子を育てる身になって、どれほど、私の力になってくれたことか。どんな哲学書より、育児書より「朝が来ぬ夜はない」「この世で起こったことはこの世で終わる」と、呟くことでこの苦しみも、きっと終わるときが来るのだ」「いつか、この苦しみから抜け出せるときが来る」と自分を奮い立たせることができた。祖母も辛苦の日々をこの言葉で切り抜けてきたのだろう…と、しみじみと思いだす日々だった。

ところが先日の娘からの電話には笑ってしまった。

自転車通学をしている高校生の孫娘が、暗くなっても帰ってこないので心配していると、両手を真っ黒にして帰ってきたという。訳を聞くと、

「帰る途中、中学一年生の男の子の自転車が動かなくなって困っているので、一緒になって直していたら、傍の家のおじさんも出てきて三人でチェーンをはずし

直したら、動くようになったんよ！　ほら、お婆ちゃんよく言ってたでしょ『情けは人の為ならず』って、あれよ」と言ったという。

自分では気がつかなかったが、私も祖母と同じく、口癖のように孫に喋っていたのかも知れない。とにかく実行してくれたのは何よりであった。

忘れられないお正月

いつの頃から、日本のお正月風景が変わってしまったのだろうか。

街を歩いても和服姿の人をほとんど見かけなくなった。

コンビニエンスストアーは元旦も店を開け、ぼってりと厚いジャンパーを着た若者が、飲み物のボトルの入った袋を下げて出てくる風景は、昨日までの日常と少しも変わらない。

わずかに、店先に張られた松竹梅の絵柄の入った『謹賀新年』の貼紙が、新しい年を迎えたことを示しているに過ぎない。

昭和五十年代から、小さな街にも駅前にスーパーが建ち始め、市場や個人商店の客足が減りだした。今では多くの商店はつぶれ、市場や商店街もシャッターを下ろした店が増えている。それに引き換え、コンビニエンスストアーは二十四時間営業が当たり前になり、ほとんどのスーパーマーケットは、深夜まで営業するようになった。

対抗するようにデパートまでもが、正月二日にはもう店を開けている。

これでは、年末に走り回ってお正月の準備をしなくて済むのは当然である。

おせち料理は重箱に入って売られ、ほとんどの若い人はおせち料理を作らないという。

私の子供の頃は、日常と非日常の生活がしっかりと、けじめがついていた。

年の瀬には、餅つきをして鏡餅を作り、神棚や部屋のあちこちにお餅を供えることは、たいていの家がやっていた。

大晦日になると、近所の市場や商店は正月の準備をする買い物客でごった返し、店の人たちの呼び声が響き渡っていた。

何しろ年が明けて、店が開くのは街中でも五日、六日が当たり前、地方に行くと十日前後のところもあったのだから、年末に買い揃えなければならない物を買うため、大人たちは慌ただしく動き回り殺気立ってもいた。

そんな風景は子供心にも、昨日と違う今日があり、その先に新しい年を迎える晴れの日を想像して心が浮き立った。

夜遅くまで商いをした店は元旦には店を閉め、街は昨日までの騒々しさがうそのように朝の冷気に包まれ、静まりかえっていた。

普段は会えない従妹たちが来て一緒に羽根つき、カルタ取り、福笑いなど今の子供たちには考えられないような遊びに興じた。

八人家族の我が家はいつも誰かしらお客があったが、正月三が日はさらに賑やかさが増した。父が仲人をしたご夫婦が、入れ替わり子供連れで挨拶に来られる。一人っ子の従妹や友達が遊びに来て一緒にお膳を囲む。

そんな常とは違う賑やかさがうれしく、お正月がずっと続いてほしいと勉強嫌いの私は秘かに神様に手を合わせていた。

母が火鉢に突っ込んでおいたコテで髪の毛を挟み巻いてくれる。コテを離すと髪がくるくるっとカールして、まるでパーマをかけたようになり、私たち姉妹は、「わあ、わあ」と有頂天になって鏡を見た。

女の子ばかり揃って一駅向こうの映画館へ映画を見に行くこともあった。超満員の映画館で、一番前の床に座り美空ひばりの映画を見た。駅前に二軒あった映函館は、もうとっくの昔になくなってしまった。

元旦には母の手作りのおせち料理が食卓に並んだ。

私も母の味を受け継ぎ、結婚後も毎年おせち料理を作ってきた。

来年はもうこんなしんどいことは止めようと思うのだが、年の瀬が迫ると、材料を買い揃え、いそいそと準備をしている。

「家で棒だらを炊いている」と言うと、

「まだそんな面倒くさい料理作ってるの」と、同じ年代の友達にさえ言われるようになったのだから、世間ではもう家で作る人は少ないのだろう。

でも考えてみればこのおせち料理も、大勢の家族で食卓を囲み「今年の黒豆はふっくら煮えたねぇ」などと、賑やかに食べてこその料理なのかもしれない。決して料理上手ではなかった母のおせちの品々が、私には一番懐かしく舌に残っている。便利で快適な生活を手に入れた私たちは、多くのかけがえのない大切なものを失ったのではないかと思えてならない。

私には忘れられないお正月がある。

二十五歳で結婚して二年目のお正月、外航商船会社の航海士として海上勤務の夫は、その年もヨーロッパに向け航海中の船上で新年を迎えることになっていた。

一緒に過ごせないことは結婚前から承知していたし、寂しさにも慣れているはずだが、クリスマス頃から風邪気味だった十カ月の長女が年末になってもすっきりしない。それどころか、頬を真っ赤にしてぐずり出し、片時も私の傍から離れない。とうとう、大晦日には食欲もなくなり、体温は三十八度を超えた。今のように休日診療という便利なものもなかった時代、もう一度、病院に連れて行けばよかったとオロオロとひき始めに医者からもらった風邪薬を飲ませていた。

鼻を詰まらせ、ゼーゼーと息をしている娘が可哀想で一日中抱き続けていた。お正月には、実家に姉妹が集まることになっているが、楽しみにしていたそれも諦めなければならなかった。外出も儘ならず、お正月の用意など何一つできぬまま、日もとっぷりと暮れたとき思わず受話器を取っていた。

電話に出た実家の母は、

「肺炎になるとあかんから、無理せんと、家でゆっくりしときなさい」

と言った。「心配だ」と言う割には、母の声は心なしか弾んでいるように思える。

結婚した息子や娘が久しぶりに帰省してくれるのが嬉しいのだろう。結婚するまでは、毎年賑やかなお正月を過ごしてきたのに、こんな孤独でわびしいお正月を迎えるのは初めてだ。

表通りからカチ、カチ、カチと夜回りの拍子木の音が聞こえる。

泣き続ける娘を抱き、部屋の中を歩き回る私の耳に、付けっ放したテレビから童謡が聞こえてきた。あまりにも自分たち親子にぴったりの曲だった。

♪
みかんの花が咲いている
思い出の道丘の道
はるかに見える青い海
お船が遠くかすんでる

♪
黒い煙を吐きながら
お船はどこへ行くのでしょう

波に揺られて島のかげ
汽笛がボーと鳴りました

私の胸の辺りは娘の涙で濡れ、私の涙が娘の髪に落ちた。

四十数年を経て思い出す度に、若かった自分のふがいなさに愛おしさを覚えるのである。

平成二十三年三月十一日に東北地方を襲った大震災で、多くの人たちが自宅を失い肉親を亡くされた。あの頃の私とは比べられないほどの、孤独で過酷なお正月を過ごされただろう人たちのことを思うと、穏やかな日々が心苦しく申し訳ない気持ちになる。

危機一髪　奇跡の予感
―伊参《いさま》スタジオ映画祭―

二〇〇六年の晩秋、私は群馬県にいた。

十一月二十六日に群馬県中之条町で開催される、「伊参スタジオ映画祭」に出席のため、前日の二十五日、同町内の四万温泉に一泊したのだ。

文章を基礎から学びたいと、心斎橋大学に通いだして二年目に、脚本の授業があった。向田邦子さんの『冬の運動会』という脚本を単行本で読み、興味を持つようになった私は、誰でも勉強を積みかさねれば作品が書け、応募もできることを知った。

しかし、小説やエッセイと違って、ト書きやセリフの書き方など脚本独自の決まりごとがあり、最初は戸惑いながら、なかなか前へ進めなかった。

書きだしてみると、コミックや、若い人向けのドラマが人気の時代に、高齢の自分は何をテーマに書けばいいのか、ということにも悩んだ。

そんなとき、講師のH先生から
「年配者は若い人の気持ちも年寄りの気持ちも経験しているはずです。それが強みですよ」と、アドバイスされ少し目の前が開かれた気がした。

時流に流されず、年配者の自分にしか書けないテーマで挑戦しようと思った。

そして翌年の七月、息子家族と同居していながら、孤独を抱える老人をテーマに脚本「潔い花火」を書きあげ、「伊参スタジオ映画祭」短編の部に応募した。歳相応のテーマだったからか、気負いもなく書けたように思えた。

一次審査を通れば次につなげられるかな、と気軽に考えていたのだが。

十月に発表された一次審査を通過し、なんと、十一月三日、二次審査通過の知らせが封書で届いた。

それによると最終審査発表は、映画祭当日会場でということである。

となると、はるばる群馬まで行かなければならない。嬉しさより、「大変だ、どうしよう」との思いが先だった。

映画祭まで、二十日余しかない！　大阪から群馬県までは一日がかりだ。当日の早朝に大阪を発っても、午後一時からの映画祭開場に間に合いそうもない。急ぎ新幹線の切符と宿の手配をした。

慌ただしく日が過ぎていき、十一月二十五日、初めて乗る上越新幹線から吾妻線に乗り継ぎ、中之条町四万温泉に着いた。

宿は温泉街の奥まった木立の中の老舗旅館だった。紅葉の季節も過ぎた町はひっそりとして人影もまばらだ。

明日に備えゆっくりと温泉に浸かり、会場ではどんな出会いが待っているのだろうと思いを馳せながら眠りについた。

翌朝、朝食を済ませ、出発の時間まで宿のロビーで寛いでいるときだった。新聞でも読もうと受付の傍に置いてある新聞を取りに行き、ソファに戻ろうとした私のすぐ後ろで、突然、ドサッと大きな音がしてガラスの破片がバラバラっと砕け落ちてきた。驚いて振り返ると、大きな山鳥が横たわって息絶えていた。ロビーの中は騒然となり、鳥の死骸を囲んで人の輪ができた。

女将さんが飛んできた。

「お怪我はありませんか！」と。

「この辺りは山鳥が多くて、ハヤブサや鷹に追われ、逃げるのに必死の山鳥が、天窓のガラスを突き破って飛び込んでくることがあるんですよ、まあ、滅多にないことですけれどねえ」

と、散らばったガラスの破片を片付けながら女将さんは言うのだが、ほんの一、二秒でもソファに戻るのが遅かったら、私は、鳥の直撃を受けていたか、ガラスの破片を頭から浴びているところだった。

思わず寒気が走った。同時に運がついているかも？　という思いがよぎった。

しかし、確かに運はついていたのである。

午後に到着した会場での表彰式で、短編の部の「審査員奨励賞」をいただくことができたのだから。

大賞は、長編の部、短編の部共に若い女性が受賞した。

大賞を受賞した人は、そのシナリオで一年かけて映画を作らなければならないのが、この映画祭の決まりである。

会場は映画製作を目指す若い人たちの熱気があふれていた。

表彰式の壇上に上がると、孫ほどの年齢の人たちの視線が温かい。

こんな年配の私がここに立っていていいのだろうか？　マイクを持つ手が震え、何を喋ったのかも覚えていない。

けれども頭の片隅では、あの奇跡と思える山鳥騒動が運を引き寄せてくれたのだと思えた。そして若い人たちと一緒に、スタッフ手作りの美味しいカレーをいただき私の受賞元年が無事終わったのである。

日南フェニックスロード

暖かな日差しを感じる三月中旬、春の瀬戸内海・日南クルーズに出た。

若い頃は現役の船乗りである夫の職場という意識が強く抵抗があった。それに、今ほど船旅がスタンダードではなく、時間とお金に余裕のある人たちの旅の仕方だと思っていた。

ところが、十五年前、私の出身高校が創立百周年を迎えるのを記念して、同窓会が屋久島へのクルーズを計画した。

そのとき発起人となられた方が偶然にも、夫と同じ会社の先輩であったことを知り二人で参加したのだ。私にとっては初めての船旅であった。

客船を借り切っての、二百六十余名という多彩な年代の参加者に圧倒されたのを覚えている。府立高校前身の高等女学校出身の方が車椅子で、二十代のお孫さんと一緒に八十代の方が杖をつき、参加されていた。

以来私たち夫婦は船旅に魅了され国内のクルーズを楽しんできた。

そして今年三月、創立百十五周年を記念して同窓会が「瀬戸内海・日南クルーズ」を計画、案内状が届いたのだ。

私は日南のフェニックスロードには、ちょっとした思い入れがあり迷わず、寄港地でのオプショナルツアーは日南海岸周遊を申し込んだ。


私たちが結婚した昭和四十年前後、私の周りでは新婚旅行のメッカは九州の宮崎日南海岸であった。今なら「ハワイ」といったところかも知れない。新幹線は東京と大阪間しか走っていない時代、九州の旅は一日がかりであったが、それもいとわずみんな九州を目指したのである。ところが、私と夫は伊勢二見ヶ浦で夫婦岩を見て、勝浦を回って帰ってくるという、大阪に住む私にとっては何とも手短と言うか、間に合わせのような新婚旅行だった。

それは、夫の下船から次の乗船まで特別休暇を使っても二十日足らずという短さのためである。

新居の準備から、挨拶回りなどに日を取られ、日数が足りなくなってしまったことにもよるのだが、そもそも夫の新婚旅行に対する熱意の不足だと私はひそかに不満を抱いていた。

友人から、日南海岸のフェニックスロードをハイヤーで巡ったときの素晴らしさを聞くと、自分の新婚旅行がみじめで話す気になれかった。

夫にすれば、何もこんな慌ただしいときでなくとも、次の休暇にゆっくり行けばいいじゃないかと言うことになるのだが。

けれども、私はすぐに妊娠し、子育てに忙しい日々を送ることになった。新婚旅行のことなどはとっくに頭の中から消え去っていた。

そして奇しくも結婚五十年を目の前にして、あの思い入れのある宮崎日南海岸を訪れたのである。

フェニックスが植えられた大通りをバスで行くと、車窓からは穏やかな春の海が見える。まさに「春の海ひねもすのたりのたりかな」の眺めである。

この道を若いカップルたちが、肩を並べて未来の夢を語っていたのだろうか、感慨深く見回すと、周囲は中高年者ばかりである。

フェニックスも心なしか色褪せ元気がない。あの頃は力いっぱい葉を伸ばし道行く若者たちを見据えていただろうに。

五十年を経て自分もフェニックスも年老いたのだと、つくづく思い知らされた旅となった。

日南フェニックスロード

洋上の日没

穏やかな日々に

苦み走った男の香り

いよいよ秋も深まってきた。
八百屋の店先やスーパーマーケットに、
根菜類が並んでいるのを見ると私の心は弾む。
牛蒡、蓮根、里芋そして大根、中でも私は大根に目がない。
あの高貴な香り。
大根の香りと言うと友人はみんな、
「えっどんな香り?」と、びっくりした顔で聞く。
うーん、どんな香りと聞かれても。

時代がかった例えになるが敢えて言うなら、
「苦み走った好い男の香り」とでも言おうか。
今どきの甘っちょろいイケメンではない。
「アハハハ」と友人はあきれて笑い、
「例えばどんな人よ」と、聞いてくる。
うーん、どんな人と言われても。
「そう、市川雷蔵、高倉健さん！」と答えておく。
「ふぅーん」友人は少し納得した顔になる。

きんぴらの牛蒡も、筑前煮の里芋や蓮根も、
匂いはあるが、香りはない…と私は思う。
そこへいくと、サンマの塩焼きに添えられた、
おろし大根にしても、おでんの出汁で飴色になった、
大根でさえも、なますの千切り大根にも、
口に入れた一瞬、香り立つのだ。

苦み走った男の香りが。

しかし、子供に大根好きはいないだろう。
「僕の好きな食べ物は大根のなますです」
なんて言う小学生がいたら驚きだ。
私の偏見と独断で言わせてもらうなら、
やはり大根の味が分かるのは大人、
それも中年以降、人生経験豊かな人である。
おでん屋で、中年男性に人気のあるのは大根だと聞いたことがある。
あの飴色にほっこりと煮えた大根は、
きっと男性にお袋の味を彷彿させるに違いない。

それにしても、母が生前に話していたことを思い出す。
戦中戦後の物のない時代、
少しのお米に刻んだ大根を入れて炊いた大根飯。

少しでも嵩を増やしてお腹の足しにしたのだろう。
「ほんと、不味かったわぁ」と言っていたが、
幼かった私にその記憶はない。
醤油だけの味付けでは、母が顔をしかめて言うように、
さぞ不味かったに違いない。
気の毒なのは大根。
異質なお米と一緒にお釜に放り込まれ、
あの高貴な香りはお米に吸い取られてしまったのだ。
考えてみれば、大根の香りを感じられるのも、
大根が大根らしくいられるのも、
落ち着いた世の中であってこそ。
今日は昼過ぎから冷え込んできた。
久しぶりにゆっくりとおでんの準備をしよう。

蝋梅

蝋梅は春に先駆け十二月には花を咲かせる。

若い頃は梅の一種だと思っていたが、ロウバイ科の木だと知ったのは五十代になってからだ。

名前の字が示すように、蜜蝋のような淡黄色のはかなげな小花を一列につけている。

彩の少ない冬の風景の中で、淡い電燈の束を灯すようなこの花に出会うと、寒さで尖った気持ちがなごんでいく。

実家の父は生前、息子や娘が結婚して所帯を持つと折々に、何かしらの苗木を贈ってくれた。兄妹は転居などで絶やしてしまったが、蝋梅は弟が三十代半ばで家を建てたとき、父がその庭に手植した木である。

今や見上げるばかりになった大木の剪定を兼ね、払った枝を弟は車のトランクに積み、大晦日に一日がかりで四人の兄妹のもとに届けてくれる。

気がつけば十年以上続く歳末の定期便となっている。

早速届いた枝の中から、好き勝手に小枝を広げた大ぶりの三枝ほどを選び、伊賀焼の大きな壺に入れる。

殺風景な我が家の玄関がたちまち風格のある一隅に早変わり。

次に、枝先までびっしりと蕾をつけた小枝を、鶴首の花瓶に挿し床の間の違い棚に置く。ありふれた床の間が、何やら由緒あるもののように見えてくるのが不思議だ。

最後に残った小枝を集め、お気に入りの琉球ガラスのコップに入れ、パソコンデスクの上に置いてみる。こんな洋風の器もすんなり受け入れる蝋梅の柔軟さが素晴らしい。

明けて元旦、二階の寝室から階下に降りると部屋のそこここから、つましく爽やかな香りが漂ってくる。寡黙で派手なことが苦手だった父そのものの香りだ。

「ああ、無事に新年を迎えられた」と、心から思えるひとときである。

そして自分のことより子供たちを優先し、心配ばかりしていた父の思い出を兄妹で共有できる日でもある。

父母を思う

若い頃の私は、毎日が幼い息子と片時も離れることのできない生活に疲れ、月に一度ぐらいの頻度で、息子を連れて堺市の実家に車を走らせた。

孫の難しい障害のことなど、なにひとつ詮索することなく、私を丸ごと受け入れてくれる父と母の存在は大きな支えであった。

子供たちが結婚して家を出た後、趣味を生きがいに平穏に暮らす両親にすれば、この孫が一番の心配の種であったに違いない。

居間のソファで居眠ってしまった私を起こさぬように、息子を外へ連れ出してくれたが、その頃、七十歳に近かった両親の手に負えるはずもなかった。

そして、玩具などに興味を示さず、動き回るだけの会話もままならぬ孫を前に、途方に暮れる両親の姿は私を居たたまれない気持ちにさせた。

二時間ほどいての帰り際は、いつも憮然とした父の顔に見送られた。

そんな気まずさが、徐々に実家への足を遠ざけた。

気になる私はあるとき、母に聞いたことがある。すると、

「育子に辛い思いをさせる孫など可愛いと思えるか?……」

子煩悩な父が言ったという。自分のことより子供のことばかり思っていた父は、何の手助けもしてやれないことが歯がゆく切なかったのだろう。

「目に入れても痛くない」と言われるほど可愛いはずの孫を、可愛いと思えない父の悲しみが私の居たたまれなさと重なるのであった。


娘の苦境を目の前に突き付けられた親の苦悩を、思い量れなかった私であったが、孫を持つ身となった今、父の気持ちが身に沁みて分かる。

子どもを思う気持ちに比べれば、孫の可愛さなどは、可愛い盛りに「可愛い」「可愛い」と言って済むほどのものだろう。子供への愛はもっと深く、終生変わることはない。夫と私にとって息子がかけがえのない子供であるのと同じように。

我が家から車で二十分ほどの叡福寺の墓苑に父と母は眠っている。

命日やお盆には息子を伴い墓前に手を合わせ、

「この子のお蔭で、理解ある優しい人たちに巡り会え、幸せな人生ですよ、どうか安心してください」と、呟いている。

できることなら生前の父母にこの言葉を伝えたかったと思いながら。

桜によせて

慌ただしい年末年始を過ごしたのが、ついこの間だと思っているのに、早や桜の便りが新聞やテレビで報じられ、心がざわついている。

桜の木の身になれば、花が咲くのが例年より早いとか遅いと言われても、はた迷惑な話であろう。しかし、桜の花ほど、春霞の中で映える花もない。

厳しい寒さから解放された喜びが人々を桜の花に向かわせる。

そして新学期の別れや出会いと共に思い出として心に残る花だ。


私は若い頃、桜の花が好きになれなかった、というより桜の季節に辛い思い出が多かった。歳を経るごとに、息子と健常児との差を思い知らされたり、進路の選択を迫られ思い悩んだ季節と重なり、桜の花を美しいと眺める余裕がなかった。心の狭さゆえ、桜、桜と華やぐ世間が疎ましく、取り残された気分を味わっていた。

そんな私が桜に心を寄せるようになったのは、息子が通う福祉作業所の前の一本の木との出会いであった。

当時作業所には、親が当番で出向き作業を手伝う日があった。

初めて当番で作業所へ行った日、洗面所で手を洗っていた私の目の前に満開の桜があり、洗面所の大きな窓ガラスを通して見る花を「きれいだ」と、初めてしみじみと眺めた。

古い体育館や物置などに囲まれた殺風景な作業所の周りを、年に一度、満開の桜が明るく華やかな一隅へと変えてくれた。まるで作業所で働く仲間に「頑張れよ！」と言っているかのように。

以来、私は桜の開花を心待ちにするようになったが、桜の花を嫌いなまま亡くなったのは明治生まれの母方の祖母である。四十八歳の夫が教壇で心臓麻痺のため急死したとの知らせに、祖母は満開の桜の下を学校へ駆けつけたという。以来、四月を嫌い、桜を疎んだまま八十一歳で亡くなった。

私もあの桜の木との出会いがなかったら、疎ましいまま今日まで過ごしていたかもしれない。

花の好みはその人の境遇で、いかようにも変わるものだと感慨にふけった春の宵である

物があふれる国の買い物難民

最近とみに物欲がなくなってきた。この冬買ったものといえば、ブティックで買ったセーターと、穿きつぶしたブーツの替えをデパートで買ったのみである。買い物自体が億劫になってきたのだ。

若いときはそうではなかった。今のように物が豊かでない時代、欲しいもの、買いたいと思ったものを探して、デパートを何軒梯子しても平気だった。

実家の母に子供を見てもらっている数時間、買い物に全精力を注いだ。ところが今や、物があふれたところで長時間いるだけで、疲れてしまう。

私がよく行くデパートは、一階から五階までを婦人物の雑貨や洋服が占めている。溢れるばかりの品物の中を五階へ行ったり二階に降りたりしているうちに、何をどう選べばいいのか、いったい自分が欲しいものは何だったのか？　分からなくなってくるのだ。家を出るときの意気込みはどこかへ消え、

「まあ、今あるもので間に合うんだから…」と独り言をつぶやき、早々にデパートを後にしてホッとしている情けなさだ。そんなことを若い友達に話したら、「危ない、危ない、物欲がなくなったら人間おしまいだよ」

と、あきれられたが、五十代には七十代のこの気持ちは分からないだろう。

そのデパートの周りには、三カ所の商業施設があり、一つは娯楽施設を兼ねていて、小さな子供たちに人気がある。あと二カ所は十二階建てのビルの中に、若い人が気軽に買えそうな値段の雑貨や洋服を揃えている。

日曜日や祝日は若い人たちでたいそうな賑わいをみせていて、中高年で賑わう向かいのデパートと二分化の様相を呈している。

ときどき、大学生や高校生の孫娘の買い物に付き合うことがある。

一応アルバイトやお年玉で貰ったお金を持ってきているようだが、お婆ちゃんが払ってくれるだろうという気は見え見えである。こちらもその気でいるから、「これなんかどう？」「これ、似合うんじゃない？」と、自分のときとは違って気楽に勧めるのだが、一向に決まらない。

こちらもだんだん疲れてきて、

「お婆ちゃんが買ってあげるから早く決めなさい！」とせっつくと、

「ああ、どれがいいか分からん…」と、溜息をついている。

十六歳の孫にまで、こんな言葉を吐かせるほど、たくさんの服や雑貨が溢れている。目に入るものが多すぎて欲しいものに的を絞れないらしい。一年中セールをしているのに、さばききれないのだろうか。シーズンが終わればこの大量の品物は何処へいくのだろう…と心穏やかでいられない。

それとは逆に、都心から電車で数十分も行った郊外では、買い物難民と言われる人が増えている。宅地開発されて半世紀になる私の住む町も、年々高齢化が進み、バス通りの商店は大半が閉店してしまった。

たとえ近隣に郊外型の大型スーパーマーケットが開店しても、車を運転できなくなった人たちは買い物難民とならざるを得なくなっている。

その人たちの多くが、今の日本の豊かさを築いた人たちであるということは、あまりにも虚しい現実である。

もう歳やから

難聴が進んできた。「夢を見る夢に見る」の項でも書いたとおり、私は幼少の頃から中耳炎を繰り返し、鼓膜の損傷が大きいらしい。

学生の頃は水泳の授業はいつも見学で、ずいぶん悔しい思いをしたが。

それでもまあ何とか日常生活に不自由することなく過ごせた。

ところが、五十代後半になる頃から徐々に差し障りが出てくるようになった。電話がかかってきてもときどき、早口で喋る相手の声が聴きづらかったり、二階にいると一階のリビングで鳴っている電話の呼び出し音を聞き逃すことが増えた。

致命的だったのは病院に行ったとき、小さい声で話す主治医の説明が分からず、三回聞き返して不機嫌にさせてしまったことだ。

それでも「聞こえませんから大きな声で言ってください」とはなかなか言えないものだ。「難儀なことやなあ」行く末を思い、暗澹たる気持ちになった。

聴覚障がいの人の苦労は解っていたつもりだが、自分の身に降りかかって、初めて身に染みたのである。

一人悩んでいたとき、次女が言ってくれた言葉で目の前がパッと明るくなった。

「目の悪い人がコンタクトを入れたりメガネ掛けたりするんだから、耳の悪い人は補聴器をつけたらいいいやないの」

その言葉に背を押され、いつも横目で見ながら素通りしていた補聴器専門店に行く決心がついた。

平成十年頃には、補聴器の技術が進み、難度に応じた補聴器が作られるようになったと新聞で目にしたり、デパートにも補聴器専門コーナーが設けられるようになった。

数日後一大決心をして専門店に行き、聴覚検査を受けた。検査の結果、難聴度は軽度と中度の間ということで、シリコンのようなものを耳に注入して型取りをし、自分に合った補聴器が作られることになった。

一カ月後、オーダーした補聴器が出来上がった。試しに耳に入れたとき、遠くで聞こえていた音楽が強い響きに変わり耳に入ってきた。

「ひぇ！」

私の驚きの声に、

「お客様、ボリュームはご自分で自由に変えられます」

と、店員の声が、科学者のお告げのように厳かに聞こえた。

以後、現在まで三種類の補聴器を使いこなしてきた。

本当に技術の進歩は目覚ましく、優れた機能のついたものが次々と開発されている。ところが加齢による耳の老化はいかんともしがたく、七十歳以上の高齢者のほとんどが何らかの聞こえの不便を抱えていると聞く。ましてや、もともと不具合を抱えている私などは顕著になってくるのは当然だ。

先日、四週間に一度血圧を測ってもらっている、かかりつけの医師に聞いてみた。

「最近、難聴が進んだんですが、薬の副作用ってことはないのでしょうか？」

笑って聞いていた医師からは、

「うーん、歳やからねえ」

と、にべもない返事が返ってきた。

しかし「歳やからねえ」という言葉にはホッとするものがある。

「もうそんなに頑張らんでも」という響きがあるようで救われる。

事実、こちらから聞こえない、聞き取れないと宣伝？　していると、娘など電話をしてくる度に「聞こえてる？　大丈夫？」と何度も念を押す始末だ。

こちらが気を使わなくても、向こうで努力をしてくれるようになった。

携帯電話にメール機能がついたとき、一番喜ばれたのは聴覚障がいの方だったというのもうなずける話だ。


それにしても最近、テレビの人たちの早口はどうだろう。

バラエティーはもとよりドラマの不明瞭な言葉はもう見る意欲をなくしてしまう。その上、ドラマの中で流れる曲もセリフを聞こえなくしてしまう。

セリフを消してしまうほど大きな音で流す必要はあるのかと、いつも思いながら見ているのだが、それも耳の機能が衰えた老人のひがみかもしれない。

私は最近、文字機能を使って見ている。

文字がチラチラする画面は多少煩わしいこともあるが、洋画を見ていると思えば、分からぬ言葉にイライラすることもない。芸もない芸人さんのドタバタを見ていると、どこか他の国の人に思えてくるのだから。

黄落に耳の遠きもよかりけり

これは作家の嵐山光三郎氏の母上が九十一歳のときに詠まれた俳句である。考えてみれば雑音が消えた静寂は耳の遠くなった人にとって、唯一の拠りどころかもしれない。

動く大地に生きる

命を救った毛布

午前四時前、夫の車が車庫を出て行くのを虚ろに聞きながら、再び眠りにおちてしまった。ここ、四、五日忙しい日々を過ごし、疲れている私を気遣って夫は私を起こさずに出勤していったのだ。

五十三歳で船長を辞し、神戸の港で水先人として大型船の離着岸操船に携わる夫の出勤時間は早い。

昨夜「明日は雪になりそうだ」と言っていたから、いつもより早く家を出たのだろう。私が目覚めたのは七時前であった。

窓の外は雪こそ降っていないが、どんよりと厚い雲に覆われた空から今にもちらちらと降ってきそうな気配だ。

この時期、夫の出勤時間に雪が降らないようにと願う日々である。

ぼんやりした頭で居間のテレビをつけると、画面は何やら慌ただしく事故の模様を伝えていた。

フロントガラスが大破した乗用車、サイドに突っ込んだままのワゴン車や、斜め向きに停車しているトラック等が延々と続いている。

二〇〇五年二月一日早朝四時三十分頃、神戸市灘区の国道43号線の跨橋で、トラックや乗用車三十七台を巻き込んだ追突事故の現場である。

「道路が凍結していて、車の移動もスムーズに行きません！」と、アナウンサーは白い息を吐きながら叫ぶように報道している。

上空にはヘリコプターが周回し事故の様子を伝えていた。

着替えをしながら、のんびりとテレビを見ていた私の目が画面の一点に釘付けになった。そこには、ベージュ色の毛布を頭から被り、ガードレールに身をもたせながら携帯電話に目をやっている夫の姿が映っている。

あの毛布！　あのジャケット！

「えっ！　なんでそこにいるの？　ええッ　どうして！」

わけも分からないことを喚きながら、頭が混乱してしまった。

冷静に考えれば、夫の車が事故現場に居合わすことは十分推測できる。何も知らずに朝寝坊していた自分が情けない。

ほどなく夫から電話がかかってきた。

「車は全損だが、助手席のドアから脱出して手の甲にかすり傷程度だ、いつレッカー車が来るか分からないから、毛布で、暖をとっている」と。

しかし、テレビに映る凄まじい事故現場の映像と、携帯電話から聞こえてくる夫の普段と変わらぬ声に、現実味が感じられず夢を見ているようであった。三十七台もの追突事故にも関わらず、軽傷者一名のみということでも、話題になった事故である。

けれど、路面の凍結がなかなか融けず事故処理が難航して、五時間近く現場から動けなかったのだ。

早朝は、長距離トラックなどプロのドライバーが多い。

「さすがプロだよ、事故が起きたときは、一斉に車外に飛び出して声をかけ合い、車の中に人が閉じ込められていないか、確認しあっていた。あれには脱帽だ」と、用心深いことではプロ級の夫が「脱帽だ」と言った。

「この車は、えらいやられとるなあ、中に人は居らんのか！」

覗き込んでいた人が大声で叫ぶと、すぐ横に立っていた人が、

「俺や、俺や」と自分を指差し、笑いを誘う場面もあり、修羅場のような事故現場が和んだと、後日夫から聞かされた。

それにしても、用心深い夫に私も脱帽だ。

職業柄、絶えず危険と隣り合わせの環境で身に付けた用心深さである。大雑把で、楽観主義で、そのくせ何か事が起こるとうろたえる、小心者の私には尊敬すべき存在なのだ。

ところが私はときどき、お腹の中で笑っていた。

「何もそこまでしなくとも」と。

冬になると車に毛布を持ち込むことや、雪模様の日はバナナや熱いコーヒーをポットに入れ、車に持ち込んで出勤する夫を私はそんな感じで見ていた。今回の事故では、その用心深さが夫の身を守ってくれた。

寒風吹きすさぶ陸橋の凍った地面で五時間も立ち尽くしたのだ。毛布の暖かさがなければ耐えられなかったことだろう。

廃車手続き、保険処理、代車の要請などを済ませ、午後三時過ぎ精根尽きた状態で夫は帰宅した。

代車の座席にはきっちりと畳まれた毛布が置かれていた。

あの日から七年が経つ。

二年前、無事仕事を引退した夫の用心深い性格は変わらない。

そして相変わらず大雑把で、小心者の私である。

事故現場を伝える日本経済新聞
平成17年2月1日付夕刊

風土記の丘に育まれて

私の家から歩いて十分ほどのところに遊歩道が整備された「近つ飛鳥風土記の丘」があり、近隣の人たちの格好の散歩コースになっている。

隣町の太子町を通り抜け竹ノ内峠を下ると、もう奈良県の當麻町に入るのだから、大阪市内より隣の奈良県に行く方が近い我が家である。

「近つ飛鳥風土記の丘」なんて万葉集に出てきそうな名がついた場所を、日々の散歩コースにできるのは何とも幸せなことだと思っている。

けれども、四十数年前に宅地開発され、私たちが入居するようになった頃は古墳が剥き出しのまま、あちらこちらに散らばっている小高い場所にすぎず、「古墳公園」と呼ばれていたところである。

子供が小さい頃は犬を連れての散歩や、春には蕨折りと毎日のように歩き回っていた。濡れた落ち葉を踏みしめての下り坂、急こう配の上り坂を何の苦もなく行き来した若い頃が、今や信じられないほどだ。

息子が幼い頃は、機嫌が悪くなると「古墳公園へ行こう」と連れ出した。ひんやりとした雑木林の間を鳥の声を聞きながら歩くと、そのうち息子の機嫌も直り、私には駆け込み寺のような場所でもあった。

鶯や目白の鳴き真似を得意とする夫と一緒のときは、私たちの後を鳥がいつまでも鳴きながらついて来て、夫と鳥との鳴き比べを楽しんだ。

メジロの鳴き声に耳を澄ます息子の姿は、忘れられない思い出になっている。

蕨折りに夢中になっている間に息子の姿が見えなくなり大慌てしたことや、当時、草の葉を顔の前で振る拘りのあった息子が、うるしの葉に触り顔を真っ赤に腫れ上がらせたことなど、悲喜こもごもの思い出のある場所だった。


二十二年前（平成六年）に「府立近つ飛鳥博物館」が建設され、その地はすっかり様変わりし、「近つ飛鳥風土記の丘」と呼ばれるようになったが、家族の間では、相変わらず「古墳公園」と呼んでいる。

「近つ飛鳥」という地名は、同博物館の案内書によると、「七一二年口述筆記さ

府立近つ飛鳥博物館

れた『古事記』に記載がある。古代の天皇が難波《なにわ》から大和の石上《いそのかみ》神宮に参向する途中で二泊し、その地を名付けるに、近い方を『近つ飛鳥』（大阪府羽曳野市飛鳥を中心とした地域）、遠い方を『遠つ飛鳥』（奈良県明日香村飛鳥を中心とした地域）と名付けた」とある。きっと、その昔古代人がこの周辺で様々な生活を営んでいたことだろう。

建設当初は、違和感のあった、安藤忠雄氏設計によるコンクリート造りの博物館の建物も今ではすっかり周りの風景に溶け込んでいる。手をかけ過ぎず、古墳もそのままの形で残されているのが何より嬉しい。最近は路線バスに乗って町外からの来訪者も増え、行き交うたびに見知らぬ人同士で「こんにちは」とあいさつを交わす姿に気持ちが和む。

家から歩いて園内を一周して帰ると五千歩ぐらいになるので、デスクワークの合間のいい運動になっている。我が家にとっては運動不足解消の場所であり、遠来のお客様を案内するおもてなしの場所でもある。

不思議なもので、足繁く通っていると、目にする木々がまるで自分が世話をしているような親しみが湧いてくる。そして木々の移ろいに一年の短さを実感させられるのである。梅林の梅もここ二、三年で、すっかり成長し今年はたくさんの花を咲かせてくれた。正門からすぐの桜の木々も、この十年ほどで見上げるばかりの大木となり、満開の花を愛でるひととき、うっとりと幸せな気分を味わった。

家を出るときは忙しさに疲れ、うんざりして無口だった私が、園内を一周して帰り着く頃には、身体は汗ばみすっかり饒舌になっている。

思えば「古墳公園」と呼ばれた頃から今に至るまで、子供たちを見守り家族を育ててくれた場所であったと、つくづく思い返している。

桜満開の風土記の丘公園

動く大地に生きる

平成二十八年四月十四日夜、九州熊本地方で、M六・五の地震が起きた。ところが、二日後の十六日早朝、今度はM七・三の大地震が起き、熊本地方の人たちを恐怖に陥れた。気象庁の発表では十四日に起きた最初の地震は前震であり、二日後の地震が本震であると発表した。

今まで聞いたことのない前震とか本震などという言葉に、何のことかさっぱり分からなかったのだが、わずか二日間に近接した地域で発生した地震があまりにも大きすぎ、余震と表現できず、先に起きたものを前震と言わざるをえなくなったのだろう。日を前後して二つの大きな揺れに見舞われた九州熊本。そして余震は五月に入っても続いている。

テレビの映像に映る災害の現場はまさに目を覆うばかりで、それにもまして、避難所の現状は悲惨極まりない状態である。

これが宇宙観測ロケットを飛ばす国の、首都には超高層ビルが建ち並び、ハイテク産業が持てはやされる国の現状であるのかと。自分も含め、過去の震災に国民は、何も学んでこなかったという思いが胸に迫る。

「災害に強い国、国民を大切にする政治」。選挙のたびに聞かされたスローガンに歯がゆさと怒りを覚える。避難所に入り切れず、コンクリートの外廊下でビニールシート一枚の上に横たわる人たちの姿は、同じ日本人として見るに忍びない。この地震列島では明日は我が身の姿でもある。

行儀よく何時間も並び、支援物資を受け取る日本人を称賛する外国のメディア。私たちはそれでいいのか？　税金を納める国民の正当な権利としてもっと怒らなければ。人口の減少に伴い、車離れの日本に高速道路はもう要らないと。そんなお金があるのなら、地震でも落ちない橋を作ってほしい。

散らばった集落で暮らす人たちを地震でもつぶれない住宅に住まわせてほしいと。亡くなられた方の多くが高齢ということからも、過疎化が進みその年齢の人しか住んでいなかったという現実が見えてくる。

そして、目にも止まらぬ速さで走るリニヤ新幹線は誰のために必要なのか、恵まれた人たちだけの贅沢な乗り物は要らない。そのお金を奨学金ローンの重圧に苦しむ学生など、教育格差の是正に回せば、どれほど若い世代が活気付くことか。

今回、地震学者の口から「この程度の地震は今の日本列島ではどの地域で起こっても不思議ではない」と慄然とさせられる言葉を何度も聞かされた。地震の専門家にすれば、このような機会でしか本当のことを言えないというのが本音かも知れない。活断層が通っていると言うだけで、地価が下がると騒ぎ立てられ、専門家として直言しづらかったことが伺えた。

人間の命より地価を優先する国に私たちは日々暮らしているのだ。

ところで今回、震災のテレビ報道に目を凝らしていたが、知的障がいらしき人の姿を見かけることはなかった。もちろん、カメラは一部をとらえているにすぎないから、カメラを回す範囲に入っていなかったと言えなくもないが。

車椅子の人や家族に介助され移動する人の姿は何度も映っていたことを思うと、カメラマンが奇妙な行動をとる知的や情緒に障がいのある人に配慮をして、カメラを向けなかったのかも知れない。

しかし、知的に障がいのある、特に自閉症と言われる人の直感はすごいものがある。非力であるゆえの、本能的、いや動物的と言えるほどの危険に対する回避力は鋭い。

あの避難所に我が息子を伴ったときの彼の抵抗は目に見えるようだ。彼には大勢の人の目に晒されるプライバシーのない場所で、他人の思惑を鑑み堪え難きを耐えという発想はないのだ。みんなが辛抱しているんだからという気は持ちあわせない。だがそれを単に我儘と言いきれない故に、家族は大変な苦労を強いられる。私はもしそんなときが来れば公園でキャンプを張るしかないと覚悟を決めている。もしくは親子で放浪するしかない。

各地で災害が起きるたびに、私の気持ちは障がい者の家族はどうしているだろうという思いが片時も離れない。大事が起きたとき弱者をいかに守るかは、その国の価値観を顕著に表すものだと思う。

あらゆる試練を乗り越えてきた障がい者の家族である。きっと、全知全能を働かせ困難を乗り切ってくれるだろうと信じたい。


刻々と拡大していく災害現場をテレビで凝視しながら、十八年前の平成十年、台風七号による災害を思い出した。

和歌山県中部に上陸した台風七号は、我が町、河南町の至近を暴風雨を伴って通り抜けた。息子が通っていた作業所の屋根は吹き飛び、屋内は水浸しになった。保護者有志が駆けつけ町職員と共に荒れた室内の片付けが行われた。引き剥がされた屋根をビニールシートで被う応急処置は、足場の悪い中、若い町職員の手で短時間のうちに終わることができた。

問題は、使えなくなった作業所の仮設を探すことであった。

長引けば、自ら動くことが困難な障がい者に無為な日々を強いることになる。行政の協力も得て小学校の空き教室等いろいろ当たっては見たが、仮設の実現には至らなかった。

幸いにも、当時ボランティアで作業所に来てくださっていた方が、窮状を見かねて空き家の提供を申し出てくださり、三カ月間臨時作業所として作業を続けることができた。

地域で大きな被害が出なかったことで、行政の支援が得られたことも幸いしたが、ビニールシートで覆われた作業所を見て、

「いつまであのままにしておくんや、早く工事をしてやらんか」

と、通りがかった人たちが言ってくださったと後で聞かされたときは、この町に住んでよかったと、心から思った。

そんなことを思い出しながら、苦難に耐えておられる熊本地方の方々の窮状に心を痛めることしかできない私である。

（平成二十八年四月）

私の時間

韓国にて

平成二十四年の暮れも押し詰まった十二月二十七日、韓国釜山空港は穏やかに晴れ渡り、初めて訪れる夫と私を迎えてくれた。

二十九日の甥の結婚式に参列するために訪れた韓国である。

昨年六月には、シンガポール、マレーシアへ九時間の飛行、その前年は、北欧四カ国を訪ねる旅で十二時間の飛行を経験している。しかし、今回は関西空港を飛び立ってから一時間で釜山空港に着陸である。まさに、日本国内の北へ行くより近い外国があることを実感させられる旅となった。

甥っ子のU君が、韓国の女性と結婚すると聞いたのは確か昨年、梅の便りが聞かれる頃だったと記憶している。

それから、義弟夫婦からは何の音沙汰もなく、あの話はその後どうなったのだろう…と、時折気にかけていた秋も十月に入って、挙式の通知が届いた。

届いた通知を見ると、挙式は暮れの十二月二十九日とある。その上驚くことには、韓国での挙式である。

こんな押し詰まった日に？　韓国まで出向いて？　正直なところ唖然としてしまった。同封されていた手紙によると、経済誌の記者をしているU君と日本の旅行会社に勤務する彼女は共に忙しく、まとまった休暇をとれるのは歳末しかないということである。

そして記者として日々忙しいU君に細々とした挙式までの打ち合わせに時間を割く余裕もなく、彼女に任せっぱなしという事態になったらしい。当然彼女主導で事が運んでいったことが文中から推し量られた。

数日後にかかってきた義弟の電話では、東京に住む超多忙な息子との連絡は思うに任せずこちらの気持ちが伝わらないと、当惑気味であった。

わずか北海道ほどの距離でしかない隣国であっても、国際結婚に変わりはなく、意思疎通の難しさが想像できた。

通知を受け取った当初は唖然とした私たちであったが、歳末といっても昔のように、正月準備に慌ただしくすることもない年齢になり、初めて訪れる韓国を楽しみにするようになっていた。

何はともあれ年末の混雑が予想されるので、航空便の予約を済ませるのが先決と、旅行会社に走ったが、運よく希望の便を予約できた。

私と夫は観光も兼ね、二日前の二十七日午前の便で関西空港を発った。昼過ぎには釜山に着き、タクシーでホテルに向かう。

私たちが宿泊するロッテホテルは、釜山空港から車で三十分ほどの四面《ソミョン》にあり、ロッテデパートに隣接している。

二十一階の部屋の窓から見下ろす通りは道幅も広く、行き先ごとに屋根付きの立派なバスの停留所が並んでいる。

韓国では通勤にバスを利用する人が多いのだろうか、何台ものバスが慌ただしく行き交っていた。

昼食後挙式が行われるホテルの下見を兼ね街に出るつもりでいたのだが、ホテルを出る直前に、義弟夫婦から電話があり、「彼女（花嫁）に引き合わせるため会食の席を設けた」という。

急遽、義弟たちのいる農心《ノンシム》ホテルへ出向くことになった。

U君とは高校生の頃に会ったきりだ。もちろん彼女とは初対面である。

約束の時間に間に合うよう午後三時にホテルを出る。

地下鉄の一号線乗り場を目指し、地下街をひたすら歩く。

日本だと歳末気分が街に溢れ、大売出しの幟が風に舞っている時期だが、ここ韓国はそんな気配はまったくない。

中国同様、旧正月を祝うのかな？　などと話しながら改札に辿り着く。

日本を発つまでは、日本語表示があったり、日本語が通じるだろうと高を括っていた。ところが、どこへ行ってもハングルばかりで日本語が通じない。

地下鉄の券売機に、一万ウォン札を入れ切符を買おうとしたが、札が返ってきた。裏返したり差し込む向きを変えたりしても入れた札が返ってくる。

改札は全部、自動で駅員らしき人は一人もおらず、尋ねることもできない。「どうしてかなぁ?」と、困り果て右往左往していても、誰も知らん顔である。お節介やきの多い大阪だったら、手とり足とり教えてくれるのに…と恨めしくなってくる。

ふと、夫が傍に立っていた、学生風の若いカップルに英語で聞いてみた。

「おー」と、此方の言っていることを理解し、

「一万ウォン札をこちらの機械に入れて、千ウォン札十枚に替える。一万ウォン札では切符が買えない」ことを流暢な英語で教えてくれた。

実に親切に活き活きとした姿は、韓国の英語教育の充実ぶりを物語っているように思えた。

お蔭で一枚、千二百ウォンの切符を二枚買うことができ、ほっとした。

お互いに自国語ではない英語で通じ合ったということに複雑な思いである。

ところで、韓国の地下鉄車内にも日本と同じ優先座席があった。

塾帰りらしい高校生の一団が乗っていたが、誰も優先席に座ろうとせず空席のままである。ハングルの車内放送はさっぱり分からず、駅を通過するたびに私たちは漢字で書かれた駅名を読み取るのに必死でドアの傍に立っていた。

トントンと肩を叩かれ、「あの席が空いているから座りなさい」と、学生の一人がゼスチャーで教えてくれるのには困った。親切はありがたかったが、駅名を見逃さないよう必死でドアの傍にかじりついて、薄暗くなりかけた外を見ていたのだから。農心ホテルは、私たちが乗った四面駅から八つ目の駅、温泉場《オンチョンジャン》で下車、徒歩十分ほどのところにあった。

駅周辺には出店や、地面に新聞紙を広げ、その上に野菜や干物を並べて売っている小母さんたちがいて大阪の下町風情である。

四時前、農心ホテルに着く。二十六年ぶりに会うU君は、幼い頃の面影を残し、たくましい大人になっていた。ぎりぎりまで日本で仕事をしていて、「三時間しか寝ていない」と、疲れた様子が気にかかった。

女優の新垣結衣似の彼女に案内され、みんなで韓国料理店に行く。

通された部屋はオンドル式になっていて、板敷きの床にじかに座っても暖かい。細長い座卓に向かい合って座ると、小皿に盛られた何種類ものキムチ、漬物、和え物などが並べられた。

料理は、日本の会席料理のように一品ずつ運ばれるのではなく、瞬く間に卓上いっぱいに並ぶ韓国料理は見ただけでお腹がいっぱいになってしまいそう。

漁港の町釜山だけあって、魚の刺身は新鮮で美味しく、蛸の刺身は柔らかくて甘く、初めて味わう美味しさだった。

海外では生ものを極力避けている私もつい箸が進んだ。

さすがに、貝だけは少し怖くて口に入れなかったが…。

U君と彼女は、「挨拶回りが残っている」と早々に退散した。

キムチや刺身は分かっても、ハングルで書かれたメニューはほとんど理解できず、口に入れてから「わっ、辛！」「これ美味しい」と、賑やかに異国での会食が弾んだ。

夜も更け、「タクシーを頼もうか」と言ってくれたが、

「夜の釜山も歩いてみたいから」と、ほとんど人の行き来のない道を、ぶらぶらと歩いた。夜は裏道を歩かないようにと、ガイドブックにもあったので大通りを歩き地下鉄の駅に向かった。

冬の韓国は凍てつくような寒さだと聞いていたが、昼間は外を歩いても日本のほうが寒いかな？　と思えるほどの暖かさだった。

店を出るとさすがに肌を刺すような冷気に身震いが出、思わずコートの襟を立てた。

翌朝目覚めた私たちは、窓の外の雪景色にびっくりした。

韓国ではめったに雪は降らないと聞いていたから、珍しい韓国の雪模様を経験できそうだ。窓から見下ろす町は突然の降雪に車が立ち往生したり、ホテルの玄関ではお客さんの車の誘導に慌ただしく動き回る従業員の姿が見えた。この雪が昨日でなくてよかったと思った。

昼過ぎ、街を散策しようとホテルを出たが、積もった雪が解けた道はぬかるみ、とても散策どころではない。地下街に入り、この機会に本場のチヂミを食べたいと、飲食店を回ったがここでもハングル表示に、メニューの内容が分からず苦労した。中国語だと漢字である程度判断がつくのだが…。

注文を聞きに来た店員とも、お互いにさっぱり言葉が通じず、結局、メニューの写真を「これとこれ」と指で指し、何が入っているのか分からぬまま、オレンジ色の直径十五センチほどのチヂミと、スープで昼食を済ませホテルに戻った。

最近、日本では町のスーパーでも韓国語の表示が出ていたりするが、ここ韓国では私の目や耳にする限り、個人的な旅行者にははなはだ不便な国だと実感した。

さて、二日後の結婚式当日、義弟一家は悲惨な状況におかれていた。

私たちとの会食の翌日、花嫁の両親との打ち合わせ会食と、二日続きの韓国料理に、全員お腹を壊し眠れなかったそうだ

香辛料を多く使う韓国料理は、日本人の胃袋には刺激が強い、それも二日続きというのでは旅の疲れも重なり無理もないことである。

顔色も悪く立っているのもやっとという状態の義弟たちに、どうなることやらと、ハラハラしながら見守っていたが、気丈にも全員、会場であるホテルの大きなホールに着席することができた。

式はキリスト教式で行われ、花嫁はウェディングドレス、甥っ子はタキシード、列席者もほとんど洋装の中で花嫁のお母様はピンクのチマチョゴリ、お姉さまもチマチョゴリの民族衣装で列席されていた。新郎側は母親も妹たちも和服姿で、民族色溢れる式となった。

来る人拒まずの韓国式で、会場には近所の人がちょっと、普段着で駆けつけた

というような姿もあった。

花嫁の母親がピンクのチマチョゴリを着るのは韓国の伝統だろうか？　日本の結婚式で母親が黒留め袖を着るように。

特に印象に残ったのは、新郎が新婦のお母様を背負い（おんぶして）親族の周りを歩いたことである。孝行を徳とする韓国の習わしであろうか？

列席者の人数にも格段の差があり、終始、花嫁側の主導で進められていたが、そこは今どきの若者らしく花嫁花婿の友人が歌あり、ギターの演奏ありで明るく盛り上げ和やかに進められた。

無事に式も終わりやれやれと思ったが、ここでお客様は広い食堂のような部屋に移動してお食事。親族は床式の部屋に入り、新郎新婦が正装の韓服に着替えて親族のみで、幣帛《ぺべっ》という儀式が行われた。

感動したのは、義妹が新郎の母として日本舞踊を舞って式を締めくくったことである。韓国に着いてからは、あちらこちらに気を遣い、おまけに前夜は腹痛のため寝ていない身でありながら。

落ち着いて凛々しく舞い納めた姿は、やっと息子のために親としての責任を果たせることができたという、思いが込められているようだった。

後日、新婦となった彼女に電話をして、お母様のピンクのチマチョゴリのことや、新郎が花嫁の母親を、おんぶしたことについて聞いてみた。

私としては、六十代の母親が鮮やかなピンクのチマチョゴリを着ることに何か伝統的な意味合いがあるのだろうと期待したのである。

ところが、

「さあ、私も分からないです。別にピンクでなければと、いうことではないと思います。なるべく明るく華やかにと、ピンクを選んだのでしょうね、それから母親をおんぶすることも、あまり深い意味はないと思います…」

と、心もとない答えであった。

「だけど、年長者を敬うお国にふさわしいパフォーマンスだったと思いますよ」

と私が言うと、

「そうですね、『自分の家の婿はこんなに力持ちなんだ』という意味合いもあると、聞いたことがあります、でも私たちの式のときは友達がふざけてやらせたのですよ」と、これまた期待外れの言葉が返ってきた。

若い世代が親世代の仕来りに無関心になってきつつあるのは日本も同じである。面倒くさいことがどんどん省かれ、その国独自の伝統や習わしが消えつつあるのは寂しいことだ。かく言う私も娘の結婚式以来、和服を着たのは、ほんの数回しかないのだから偉そうなことは言えないのだが。

白夜の国で思うこと
―北欧四カ国を旅して―

旅程　(二〇一一年六月七日～一六日)
関西空港―(空路・機中泊)→ヘルシンキ泊―(空路)→ベルゲン泊―(バス・鉄道・船)→ハダンゲル・フィヨルド泊―(バス)→オスロ泊―(船中泊)→コペンハーゲン泊―(国際列車)→ストックホルム連泊―(ヘルシンキ経由・空路・機中泊)→関西空港

旅の始まり

真っ白い真綿を敷き詰めたような雲間を抜け飛行機は高度を下げ始めた。はるか眼下に広がる風景は、まるで箱庭のようだ。湖の国と言われるフィンランドに近づいた。

無数に散らばる湖は水溜りのような形をして、深い緑を湛えている。周りにはみずみずしい緑が広がり、高度が下がるにつれ、絵本から抜け出たような木造の住宅が視野に入ってきた。機内で一睡もできなかった私の頭が、北欧を目の前に冴えてくる。さあ！　七十歳にして初めての海外旅行の始まりだ！

やがて、飛行機はヘルシンキ空港に着陸、気流の乱れもほとんどなく、静かな飛行だったのは何よりの幸せであった。

ヘルシンキへ第一歩

六月七日午後三時三十分、ヘルシンキの町は明るい日差しに溢れ、この日の最高気温二十四度は、六月の気温としては二十数年ぶりの暖かさだとか。人々は上着を脱ぎ捨て、若者は上半身裸になり、公園や広場でむさぼるように太陽を浴びている。

氷点下の寒さや深い雪に閉ざされて暮らすことの多い北欧の人たちにとって、つかの間の太陽は命の次に大切なのかもしれない。当たり前のように、太陽の恵みを受けて過ごしている、私たち日本人の幸せをしみじみと感じた。

バスでヘルシンキの街中をめぐり、この日の宿泊地、ヒエダ湾沿いのホテルに到着する。

目の前に係留されたおびただしい数のヨットに、異国にたどり着いた感激が胸を満たす。ホテルの前の石畳の道路には、線路が敷かれ路面電車が走っている。

「六番の電車に乗ると、レストランや商店がたくさんある、大通りへ行けます」と、ガイドは言うが、すでに時間は午後五時過ぎ。

この日、ホテルでの夕食は予約なし。

ぐったり疲れた体で、電車に乗ってレストランに食べに行く元気はなく、ホテルのカフェで異国の人に交じって食べるのも億劫だ。

「近くにスーパーマーケットがありますが…」と言うガイドの言葉に飛びつく。八時まで営業しているというその店を教えてもらい、食料調達に出向く。

庶民の生活を知るには、スーパーが一番である。

総勢十一人のツアーは、みんな旅慣れた人たちで、自由行動が多い。

夫を頼りに、キョロキョロしているのは私だけである。

レストランを探して食べに行くという人、ホテルのカフェで軽く済ます人たちと別れ、夫と二人でスーパーを目指す。

歩いて五、六分の食品スーパーは、日本のように仰々しい張り紙もなく、通り過ぎてしまいそうな建物の一角にあった。

店内に置かれた籠は、キャリーバッグのような取手が付き、引いて歩けるようになっている。入り口近くに野菜や果物を並べているのは、日本と同じだなあと思いながら、店内を回るが意外に男性客が多い。

BGMも店内放送もなく、家族連れも静かに買い物をしている。

これがスーパーマーケット？　あまりの静けさに大阪の騒々しいスーパーに慣れた身には、なんだか物足りない。

ところが、掲示物も商品のラベルもフィンランド語？

何が書いてあるのか分からない。長い冬に備えてだろうか、缶詰、瓶詰め、魚の塩漬けのような保存食が目に付いた。

厳しい寒さに生育が悪いのか、林檎は幼児のこぶしほどの大きさだ。それでも堂々と、他の果物と一緒に棚に並んでいるのは、見栄えなど気にしないお国柄だろう。

「このジャム何のジャム?」

「さあ絵から想像するとブルーベリーか? 木苺かな?」

結局、りんごの絵の描かれたアップルジュースと、ボリューム満点のサンドウィッチ、ヨーグルト、チーズを買ってホテルに戻った。


ああ無情!


ホテルに着くと添乗員に、部屋のチェックをさせられた。

水は出るか? 電気はつくか? トイレの水は流れるか、等など、日本ではよほどの僻地に行かない限り起こらないようなトラブルが、ここ北欧では、かなりのレベルのホテルでも起こるということの驚き。

今回、北欧四カ国を巡る十日間の旅で、六軒のホテルに泊まった。

洗面台に小さな石鹸が置いてあったのは二軒。トイレットペーパーのストックがあったホテルは一軒もなく、日本の旅館やホテルの部屋に、当然のようにあるティッシュペーパーの箱も皆無であった。

このことは、サービスの面から見れば大いに不満もあるが、厳しい自然に耐えて暮らす人々の、「木一本無駄には切らせないぞ！」という、強い意志の表れだとも思える。却って私たち日本人が、便利さに慣らされ、物があふれた日常を考え直すべきなのだろう。

中で一軒、めずらしく洗面台に、香水のような小さなガラス容器に入った、シャンプーとボディーシャンプーが置いてあった。

「シメシメ、残りを容器ごと持って帰ろう」

私の魂胆を見透かすように添乗員が言った。

「みなさん、ホテルのものを勝手に持ち出すと、高額な請求をされることがあります。絶対にしないように」ああ無情！

どこかの国の人たちが、そんなことを平気でするらしい。

水力発電の国ノルウェー

二日目は、時差ぼけの頭を抱えて、ヘルシンキから空路二時間、ノルウェーのベルゲンに飛んだ。ノルウェーは北欧の中で、フィヨルドと山岳地帯の自然の豊かな国として私が一番訪ねたかったところだ。

ベルゲン鉄道、フロム鉄道を乗り継いで谷間を走る列車の旅。

車窓からは山頂に雪をいただいた山々が見える。その雪解け水が幾筋もの滝となって流れ落ちるさまは、ただ見とれるばかりの美しさだ。

山の中腹、滝の傍にぽつんと一軒、民家が建っている。

毎日流れる滝の音を聞きながら、家族が肩を寄せ合って暮らしているのだろうか。雪解け水を集めて、川がすさまじい音を立てて流れている。

その水量は半端ではなく、ほとんど道路すれすれまで達し川べりの木々の半分は水の中に沈んでいる。

豊かな水は森を育て、生物を育てるのだろう。

しかし、山肌の木々は厳しい寒さに成長を阻まれ、樹齢を経ても大きくなれず、長い冬の積雪の重みで細い枝は弓なりになっている。

民家のほとんどが木造で、魚の鱗の形を模したスレート瓦を載せている。漁業の国ノルウェーらしい佇まいである。

豊かな森林に続く山麓に緑の牧草地が広がる。

人々の質素で堅実な生活ぶりは、自分たちの国の資源を大切に守っていこうという、国民の意思の表れだろう。

折しも、日本では中国が、北海道の水や森林を買い占め出したというニュースが、報じられる昨今だ。

「大丈夫か?　日本」遠く日本を離れ、思わずつぶやいていた。

列車が速度を落とし、有名なショースの滝が見えてくる。

この滝を見るため、吹きっさらしの小さな駅のホームに降り、カメラを抱えて右往左往をする。

幅、二十メートルはあろうか、轟音をとどろかせて落ちる滝は圧巻だ。

ホームの下を、落下した水が波打つ川となり、辺り一面に水しぶきを上げ流れていく。見つめるとめまいがしそうだった。

しぶきをあげるショースの滝

フロム登山鉄道

滝のしぶきを受け、フードの付いたヤッケを着ていないと全身びしょ濡れになってしまう。

この豊富な水量で、ノルウェーは原子力に頼らない、水力発電の国である。

ホテルの部屋にいるときはいつもテレビを点けていたが、日本の福島第一原発事故を伝えるニュースはついぞ見かけなかった。

「ニュースにならないのは、変化がないのだろう」と、夫と二人、心もとない気分でテレビを見ていた。

今となっては、原子力発電を持たないノルウェーが羨ましい。


ミートボールはジャムをつけて?


食べ物にも、お国柄が出ていて、興味深かった。

四カ国に共通しているのは、ジャガイモをよく食べることだ。

ジャガイモ料理が多いドイツが近いからだろうか、とにかく、滞在中はジャガイモにお目にかからない日がないと言っていいほどだった。

直径三センチほどの小さいのを、皮付きのまま素揚げして、肉や魚料理の付け合わせとしてどの料理にも載っていた。そして、四個も五個もあるので、美味しいからと食べていると、私などは、それだけでお腹が一杯になってしまった。期待していた魚料理は、残念ながらホテルやレストランで食べる機会がなかったが、さすがスモークサーモンは、とろっとした甘みが絶品だった。

お土産にと思ったが、保冷剤など呉れる気のない店や、冷蔵庫のないホテルの部屋を思うと、鮮度が保たれるか心配で買えなかった。興味津々だったトナカイの肉は想像していたほど癖がなく、北海道で食べた羊の肉より、抵抗なく食べられた。

ストックホルムのレストランで食べた、ミートボールの味も忘れられない。ミートボールは、スウェーデンの郷土料理だと聞かされていた。形は日本と同じ、ひと口で食べられる大きさである。テーブルに着くと、ミートボールが盛られた鉢が回ってきて、各自食べたい分を自分のお皿に取り分けるようになっていた。

皿にはまたもや、ころっとしたジャガイモが三つ、四つ。

その横にルビー色のジャムが載っている。

「なんだ？　これは？」フォークを出し兼ねる私たちにガイドが、

「ミートボールにジャムをつけて食べるのが当地の食べ方です」

塩と胡椒だけで味付けされたミートボールに、甘酸っぱいジャムは、抜群の相性で美味であった。

「お国変われば味変わる」とはよく言ったものである。

まさかのアクシデント

順調に進んだ私たちの旅も、四日目のハダンゲルからオスロへ向かう途中で、思わぬアクシデントに見舞われた。

「寒さと雨対策は入念に」と、念を押されていた今回の旅では、フードつきのヤッケはいつでも取り出せるよう、リュックの中に入れての移動であった。

その日もホテルを出る頃から雨が降り出した。

降ったり止んだりの雨の中を、バスは走ること一時間ほどで突然停車した。運転手がなにやら慌ただしく携帯電話でやり取りを始め、同時に添乗員も携帯を手に緊張した面持ちで外部と連絡を取っている。

私たちはただ不安な顔を見合わすしかない。

添乗員の説明ではこの先、数キロのところで土砂崩れが発生、通行止めになっているという。すぐ引き返し、別のルートを走らないと渋滞に巻き込まれる。

急遽、添乗員が私たちツアー参加者の承諾を取り、予定外のコースを走ることになった。ところが、この代替コースはバスの運転手も添乗員も不慣れな土地らしく、行けども行けども、新たに昼食を予約したレストランに行き着かない。

時間は刻々と過ぎ、午後一時を過ぎてしまった。

やがて、そのレストランを見落とし、行き過ぎてしまったことが分かり、引き返すこと三十分、ようやくその店に辿り着いた我々一行に、非情な事態が待っていた。一時間もの遅刻に、店が予約をキャンセルしてしまったのである。

それも無理はない、通行止めでコースを変更したバスが道路に連なり、店は人であふれていた。粘り抜いた添乗員の交渉が功を奏し、ようやくにして、私たちは丼鉢のような容器に入ったクリームスープと、パン、チーズの昼食にありついたのだった。

その夜のニュースで、土砂崩れは四百メートルにもなっていたと報じられた。バスがもう少し早く出発していれば、災難に遭っていたかもしれなかった。私たちは、質素な昼食のことも忘れ、幸運を神に感謝したのである。

順調な旅は、誰しも願うことである。

しかし、命に危険が伴わぬ限り、多少のアクシデントは、振り返って、懐かしく強く思い出されるものだ。

十八歳にお酒の差し入れ?

コペンハーゲンではこの国の親子関係を垣間見る光景に出くわした。

シェークスピアの「ハムレット」の舞台として有名な、世界遺産、クロンボー城を見学しての道すがら、なにやら楽しげに騒いでいる若者の一団に出会った。思い思いの衣装で仮装をし、ふざけあいながら練り歩いている。

ガイドの説明によると、卒業式を終えた高校生が夜を徹して、飲めや歌えの騒ぎを繰り広げるのだそうだ。

驚いたことに、親が何ダースものビールやワインを差し入れするのだという。

「十八歳になれば、親は子供を大人と認めます。選挙権も与えられます。一夜騒いだ後は翌日から、大人としての自覚を持って生活しなければなりません。そのための儀式のようなもので、大人たちは大目に見ているのです」

日本の親が聞いてビックリするような話である。

あご髭をはやし、腰蓑を巻きつけ、幼児が引いて遊ぶカタカタのような遊具をひきずりながら、人懐こい笑顔で男の子が近づいてきた。

一緒に写真を撮ろうと言う、何の仮装か分からない装いの、イケメン男子学生との写真が楽しかった旅に彩を添えてくれている。

しかし、高校生と言えども、体はもう立派に大人である。

男子も女子も一緒に一夜を過ごして、間違いはないのだろうか?

老婆心が頭をもたげたが、

「間違いが起こる前に酔いつぶれさせるのです。そのための何ダースものビールやワインなのですから」さばさばしたガイドは、言ってのけた。
そして二日後のストックホルムでも同じく、賑やかな集団にお目にかかったが、

若者ですし詰めのダンプ

仮装を楽しむイケメンと

こちらは一昨日の学生たちより過激だ。

二台の古いダンプトラックに分乗した高校生が、校歌のような音楽を鳴り響かせ奇声を上げ、駅前のロータリー広場を周回している。全裸の男子学生も何人かいるようだった。

見物している私たちに向かって、「写真を撮れ」と促す。

周りの大人は苦笑して通り過ぎる人、音楽に合わせて手を叩く人とさまざまだ。一夜限りの騒ぎだということを、大人も、当の学生たちも承知しているのだろう。トラックから道路にばら撒かれたビールの匂いが、ロータリー一面に漂った。

近代的な高層ビルが建ち並ぶ駅前広場の景色と、レトロなトラックに裸で気勢を上げる学生との対比が、なんとも奇妙でおかしく、カメラに収めた。


この時期、北欧は白夜の季節である。

夜中の三、四時間、しばらくお日さまは姿を消すが、ほとんど一晩中、夏の夕方のような明るさで、町には人の往来もある。

四季すべてに夜明けと夕暮れを経験している日本人には、不思議な感覚だった。

当初、暗くならない夜に果たして睡眠が取れるのだろうか？　寝つきの悪い私の心配の種であった。しかし心配無用である。

ホテルの部屋は、常にベッドサイドのスタンドの明かりと、フロアースタンドの明かりぐらいで、昼でも薄暗い。しょっちゅう探し物をしている私にとって、「もっと明るくしてぇ」と言いたいほどであった。

しかし、ホテルでの夕食後、白夜の町を散歩して部屋に戻り、遮光カーテンを引けば日本と変わらぬ夜のとばりである。

北欧はヨーロッパの人たちに人気の観光地だ。

特に五月から七月の、白夜の季節にはドイツをはじめ欧米から観光客が押し寄せる。

「観光客と一緒に、スリさんも集団でお仕事に来られます。くれぐれも、貴重品、特にパスポートに気をつけてください」

「スリさんは、普通に観光客として来ます。そして一人で、または数人でお仕事をされます。胡散臭い人など一人もおりません。みんな紳士然として、親切に振舞います。気を許さず、パスポートは肌身離さず携帯してください」

ユーモラスにくり返すガイドの注意喚起に、その度に腹巻の中のパスポートを確かめる私であった。

比較的治安はいいと言われている北欧であるが、最近はそうも言えなくなってきたようだ。

特に、二〇〇六年八月ロンドン旅客機爆破テロ未遂事件があって、空港の出入国検査が厳しくなった。

以来、機内持ち込みの液体は総量で二〇〇cc以内、化粧品、目薬にいたるまで二〇センチ四方の透明の袋に入れ、バッグから出して検査を受けなければならなかった。

身に覚えはなんらなくとも、制服に身を固めた検査官がいたるところで目を光らせている光景は、気持ちの良いものではなかった。

しかし、ストックホルム経由で帰途につく空港で、私の身にアクシデントが降りかかるとは、予想もしていなかったのである。

ユーロ？　クローネ？　もう知らん！

今回の旅で、一番苦労したのは通貨であった。

フィンランドはユーロで、ノルウェーはノルウェークローネ、デンマークはデンマーククローネ、と飛行機や電車で国境を越えるごとに通貨が変わる。

それも何が書いてあるか分からぬややこしい硬貨に、とうとう私は匙を投げ、支払いは全部夫に任せた。

ユーロは持ち帰っても日本で円に変えられるが、クローネはそれができない。国境の変わる時間が迫ると、残った小銭を使い切るため、小物を買うのに専念する羽目になる。

北欧の裏の一面に出会うこともあった。

オスロのホテルで夕食を済ませた後、買い物ついでに街に出た。

エスカレーターで地下街に下りていくと、数人の若者が地面に座り込んでたむろしているのに何度も出会った。

行きかう人々を威嚇するような鋭い視線に緊張する。

地下街といっても、だだっ広いだけの店もまばらで薄暗く、地面にはごみが散乱している。急ぎ足になった私と夫の目の先に、懐かしい看板が飛び込んできた。セヴン・イレブン！　日本の街のいたるところで目にしていた、オレンジと緑と赤のラインに7のマーク。

異郷で親しい人に出会ったような懐かしさで、店に飛び込んだ。三坪にも満たない狭い店内に、黒人の若者が一人で店番をしていた。ガム、新聞、コカ・コーラ等小銭で払えるものを買った。袋は、何の絵柄もない白一色のありふれたビニール袋であった。

足早にエスカレーターの方に歩きながら、旅の案内書にオスロでは夜の外出は控えるようにと書いてあったことを思い出し、早々にホテルに引き上げた。

トイレの神様

恥ずかしい話だが、トイレを使うのに、お金がいると聞いて腰が抜けそうになった。買い物でも、ややこしい硬貨に音を上げた私である。硬貨を間違えてトイレから出られなくなったらどうしよう！

心臓がドッキン、ドッキン、音を立てる。

ところが、同じツアーに頼もしい人がいてくれた。

「私が最初に硬貨を入れて入ります。そしてロックをしないで用を足し、私がドアを開けたら、次の人が入ってまたロックをしないで」すなわち、ドアを完全に閉めてロックしない限り、最初に入れた硬貨が活きるというわけだ。

かくして私たち女性七人は、有料トイレを使うときは行儀よく一列に並び、一枚の硬貨を有効に使ったのである。確か、一〇クローネほどのお金はその頼もしい人の奢りとなり、私にとっては神様のような人に思えた。

まさに「旅は道連れ世は情け」を実感したのである。

しかし、有料トイレは二度ほど使っただけで、空港の地下にある薄暗いトイレも、市庁舎のトイレも、無料だった。

福祉国家というけれど

高福祉の国と言われる北欧の国々である。

それは、所得税四〇%、消費税二五%という国民が払う高い税金で支えられている。現実に一介の旅行者として買い物をしていても、物価高をひしひしと感じた。

ほとんどの主婦が働いているのも、高い税金を納めるためでもあるらしい。

しかし、老後が保障され、学校も、医療も無料である。納めた税金が、目に見える形で還元されているのだ。

「若いうちにしっかり働いて、進んで税金を払っています」と、ガイドは胸を張ったが、別のガイドは、

「亭主が財布を握っているので、女の人は自分の自由になるお金を持つために働いているのです」と、本音を明かす。

ことほどさように、日本ほど主婦が財布を握っている国は少ないのではないか

と思う。汗水たらして働いて得た給料を銀行に振り込まれ、子供のように毎月、妻から小遣いをもらう日本の典型的なサラリーマン。

今回の旅行では訪ねる国々で、五人のガイドのお世話になった。

全員、四十代から五十代の日本女性である。

学生時代に留学して現地の男性と結婚、または日本の商社勤めの折に知り合い、結婚と同時に夫の故郷で暮らしている人と事情はさまざまである。

化粧っけのない日焼けした顔、簡素な身なりから、異国で生きる彼女たちのたくましさを感じた。

「お元気で、よい旅を！」別れ際、笑顔で手を振ってくれた彼女たちの横顔に一瞬、望郷の思いを垣間見たのは私の思い過ごしだろうか。

古いものを大切にする北欧の国々である。古城、博物館、市庁舎、コンサートホールも、古い石造りのままである。

道路も石畳が多い。見学した建物の中は、エスカレーターはもちろん、エレベーターもないところが多かった。

「これでは車椅子の人は難儀だろうなあ」と思って見渡すと、日本の観光地では其処ここで出会う、障がいを持った人の姿を見かけないことに気付く。

街中では缶を前に物乞いをする人の姿もあった。それらの人は肌の色が浅黒く、白人でないのは一目で分かる。

移民としてやって来たものの、何かの事情で自国へ帰れなくなった人たちなのだろうか、薄汚れた衣服をまとい、うつろな目をして歩道に座り込む中年女性の姿に胸が痛んだ。

充実した福祉も、北欧諸国の国籍を持つ人たちだけのものであるのか?

頑なに自国の経済、伝統を守ろうとする頑固さは、プライドの高さと冷たさにも通じるように感じた。

日本の福祉は遅れているとよく聞くが、そうだろうか?

今回北欧の一面しか見なかったとはいえ、日本では、一歩外へ出れば車椅子を押してもらって買い物を楽しむ人たちと頻繁に出会うようになった。バリアフリーも整ってきたように思う。

北欧で障がいをもつ人たちが、どのように生活を楽しんでいるのかもっと知りたいと思った。

笑わぬ女と「気持ちイケメン」の男たち

北欧の女性はプライドが高い。特にホテルのフロントの女は笑わない。アジアの小さいおばちゃん相手に、笑顔など見せられるかと上から目線だ。ドイツ語訛りのただでも苦手な英語で喋られると、聞きたいこともあきらめて退散する羽目になる。何やかやとうるさく聞いてくるおばちゃんには、この手に限ると思っているのかも知れない。

ところが、男たちの愛想のよさはどうだろう。

荷物を運んでくれるホテルのポーター、レストランのウェイター。

そして、毎度お世話になったバスの運転手もみんな愛想よく、こんな冴えないおばちゃんにも、目が合うとニコッと微笑む。

こちらは慣れていないから、愛想笑いと分かっていても気持ちが浮き立つ。

ポーターなども「サンキュー」と、ひと声かけると「ヤァー」とか「イエー」

の言葉と一緒に満面の笑顔が返ってくる。

どんな不細工な男もそれなりに見えてくるから不思議だ。

心がイケメンなのだろう。

だるまさん、だるまさんじゃないが、笑ったら負けとばかり、ぶすっと仏頂面した日本の男性に見習わせたいほどだ。

あるガイドにそんなことを話すと、

「肝心なのは誠実さです」と意味深な答えが返ってきた。


ここまで書いてきて、七月二十四日衝撃的なニュースがテレビから流れた。

ノルウェーで爆弾テロ！

画面には一カ月半前、私たちが歩いた首相府の建物の辺りが映し出されている。

その後、「オスロ郊外のウトヤ島で男が銃を乱射」というニュースが続いた。どちらも極端な民族主義を唱える、一人の若者が起こした事件という。あの平和な国で、いったい何があったのだろう。

新聞でも「平和を愛する国で」という見出しが多かった。

だが、私の脳裏には、薄暗い地下街でたむろしていた若者や、街中で物乞いをしていた人の姿がよぎった。

どんな国にも陰と陽がある。同じ国に住みながら福祉の恩恵を受けられない人たちもいるのだろう。

「福祉国家の矛盾が出てきている」と書いた新聞もあった。

もしこの事件が一カ月半前に起きていたら、私たちは予定どおり日本に帰れなかったかも知れない。

懐かしい街並みや広場がテレビで映し出される度に、何かに手を合わせたい日々であった。

お一人さま

今回のツアーの構成は、中年夫婦二組に、私たちも含め老夫婦二組、五十代女性の仲良し二人組、そして、年齢不詳の女性一人の十一人だった。

一人で参加したその女性と、ヘルシンキ空港で初めて顔合わせをしたときは、少したじろいだ。小千谷縮の、和服地で作った作務衣とズボン、同じく和服地のパッチワークで作ったキャップを頭に載せている。

もちろんショルダーバッグも、和服地のパッチワーク仕立てである。椅子代わりに、ちょこんと腰を掛けているのは、もう何十カ国を旅したのだろうと思うような、角が擦り切れ、ペタペタとシールが張られた超大型のキャリーバッグ。

あまり人をじろじろ見ない外国人客も、ちらちらと目を這わせている。

やはり人目を引くいでたちであることは間違いない。

日に焼けた顔に黒縁のメガネを掛け、屈託のない笑顔を絶やさない。

そんな彼女に、少し距離を置いていた同じツアーの人たちも、すぐに親しく話しかけるようになった。

「ご主人さま、こんなになってしもうたんですけど」とカメラを持って夫に聞きに来る。和歌山は田辺市からの参加とか。

とにかく一人で参加をするだけあって、尋ね上手、聞き上手。

旅のはじめのヘルシンキの夕方、私たちが行ったスーパーに彼女も来ていた。

レジを済ませると、「ガイドさんが言ってた大通りまで行ってみます」と言い残して一人で出て行った。さすがお一人さまである。

レストランでウェイターとぶつかりそうになったり、「この川の水は、飲むと幸せになると言われています」と言うガイドの説明に、勢い込んで駆け寄り、足を踏み外して川に落ち、「寒い寒い」と言っていた。

数々のドジにも、彼女と一緒に「アハハ」と笑い、疲れた気持ちが癒された。

朝食のテーブルに姿を見せない彼女を、「あら? お一人さまどうしたのかな?」と気遣い、私たちはいつしか、親しみをこめて彼女を「お一人さま」と呼ぶようになった。

バスの運転手、ガイド、ケーブルカーで親しくなったドイツ人などに、日本から持参した紙風船や、うちわ、舞妓の絵柄の日本手ぬぐい等をプレゼントして喜ばれていた。笑顔で受け取る外国人の姿に、これも一つの民間外交であると感心した。ちなみに、旅の間中、いろいろと柄の違う作務衣で押し通し、私の目も楽しませてくれたが、気温が二十度前後の北欧で彼女の作務衣姿はいかにも寒そうであった。

タクシーには命をかけて

自由な時間が多いツアーだった。

旅慣れた人が多く、団体でぞろぞろと動き回ることが少なかった。

ガイドにとっては、扱いにくい客たちだったのかもしれない。

「もし道に迷っても、タクシーには絶対に乗らないでください」

「迷っている人は、ドライバーのいい餌食です。一日中連れ回されて、運がよければ目的地で降ろしてくれますが、運が悪ければ身包み剥いで知らないところで降ろされます」

「迷っても、その場で動かないでいてください、ガイドは命をかけて探しますから」

度々の注意に、何と大げさなと思ったが、実際にあった事例と聞くと、耳を傾けぬわけにいかない。

しかし、夜の八時や九時になっても太陽の沈まぬ街は、旅人たりとも気が緩んでしまう。

山頂のレストランでの夕食の後、ケーブルカーで降りた街の佇まいに惹かれ、二組の夫婦四人で、街中を散策していたときであった。

連れだって右端を歩いていた夫は、肩にショルダーバッグを掛けていた。後ろに人の気配がして何気なく振り返ると、大男三人組が私たちに張り付くようについてくる。

私は話に夢中になっている夫に耳打ちをした。

「バッグをたすき掛けにして！」

気付いた夫が慌ててバッグをたすき掛けにすると、三人は路地に入って姿を消した。きっと次の獲物を物色するのだろう。

間一髪で、バッグをひったくられるところだった。

昼間何度も聞いたガイドの言葉を思い出す。

やはりここは日本とは違う。安全な国で過ごしていると、自分の身を自分で守るという意識が身につかないのだ。

若い日本女性が外国を一人で旅して、事件に巻き込まれるニュースを聞くたびに、国内どこに行っても安全な国で育つことが、危険を察知する能力を鈍らせてしまうのかと、複雑な思いに駆られる。

わが身に起きたアクシデント

旅も最終日となり、無事に過ごせた安堵感と去りがたい思いを抱き、ヘルシンキで乗り継いでの帰途、ストックホルム空港の搭乗ゲートを通る私に警告ブザーが鳴った！

「？　？　？　いったい何が？」

見上げるばかりの大女検査官が、こちらへ来い、とばかりに手招きをする。列から離され、大女の手が私の脇から足に向かって撫で下ろす。

こちらはやましい覚えは一切ないからキョトンと突っ立っているだけだ。同じツアーの人たちが心配そうにこちらを見ている。

「後ろを向け」というゼスチャーで、後ろを向こうとしたとき、大女が私の耳にある補聴器に目をやったのを感じた。

たちまち彼女の態度が一変、にこやかな笑顔とともに、

「失礼しました、どうぞお通りください」と言ったように思う。

「ひょっとして探知機が補聴器に反応したかな？　と思った」と夫が言う。

「それならあのとき、そう言ってくれたらいいのに！」文句を言う私に、

「何事も経験だ」とすましている。

悔しいけれど、いい勉強になった。

これから空港では、補聴器のことを自己申告しなければと思う。

振り返ってみれば

今回の旅は出発まで、迷いに迷った日々であった。

東日本大震災から三カ月、のんびり海外旅行など許されるだろうか。

困難な生活を強いられている人たちに申し訳ないと思った。

障がい児を抱え、海外旅行を我慢してきた私を知っている娘たちの、

「許してもらえるよ、楽しんできたら」

と、いう言葉に背中を押されて実現した旅行だ。

けれど、初めての海外旅行が、北欧四カ国（十日間）とは思いもしなかったようで、「せめてハワイぐらいにしたら?」と娘たちはあきれていた。

でも、行ってよかったと心から思った。

国内旅行は何度もしたが、行き先で何かと家のことが気にかかる。「ああ、あそこへの連絡をしてこなかった…」などと帰ってからの段取りを考えて解放感に浸れなかった。

日本から飛行機で十二時間、遠く離れてしまえばどうしようもない。肝が据わった。

そして、外国航路の船員であった夫はほとんど世界の港を回っていたが、北欧には縁がなかった。

「元気な間に二人で北欧を訪ねてみたい」という夫の希望を叶えての旅であった。もしかしたら、あの不本意な新婚旅行の償いのつもりだったのかも知れないが。

ともあれ、地続きでない外国である。日本国内の旅行では味わえない解放感を満喫できた十日間だった。

初めての海外旅行で、全部お任せの私をサポートしてくれた夫はきっと疲れたことと思う。

少しずつ薄れていく記憶の中で、くっきりとよみがえる風景がある。

ストックホルムの旧市街地ガムラスタンやベルゲンの港町で、歩道にはみ出したカフェテラスに、ゆったりとくつろぎ談笑する人々。

歩く私の横を音もなく走り抜ける自転車の青年。

夕方の街全体が淡いオレンジ色に包まれ、ゆっくりと時間が流れていく。

自動販売機も、きらめくネオンもない辺りは本当に静かだった。

高度 11,000 m・雲海上に姿を見せた満月
2011 年 6 月 15 日
FINNAIR AY077/1 便　機上

あとがき

人生をマラソンに例えるなら、息子に伴走した私のマラソンもようやくゴールが見えてきたような…気がします。障がいに気付き認めざるを得なかった頃の助走に始まり、思春期の爆走へとがむしゃらに走り続けてきた七十余年でした。そして息子と距離を置いて生活するようになった今、気付かされました。

あれほど悩まされ、日常生活に支障をきたすほどの息子の拘りの数々と拒否が、息子の生き方、流儀だったのだと。

障がいゆえの困った事柄だと思っていたことが実は、先天的な障がいを抱えて生きていくための、息子の精いっぱいの流儀だったのだと、深く受け止めることができました。かくいう私も幼い頃から読んだり書いたりの好きな少女のまま大人になり、いまだ書くことから離れられません。

しかし、これも家族にとっては悩ましい私の流儀なのかもしれないのです。

折々に書き綴ったエッセイを冊子にして残そうと思ったとき、やはり喜田さんのお顔が浮かびました。この思いを託せるのは喜田さん以外にないと。障がいを持つ息子との日々を詠んだ歌集を、自費出版したときにお世話になった喜田さん。あれから私は闘病を経て執筆修業に、十年が過ぎました。十数年ぶりにお会いした喜田さんは変わらぬ笑顔で迎えてくださいました。

感性を大切に私の気持ちに寄り添い、「だめなものはだめ」と、はっきり指摘してくださいました。

竹林館社主、左子真由美様には「ぜひ出版しましょう」と自信のない私の背中を強く押していただきました。「良質な本を提供したい」という強い信念に惹かれ、お任せする決心がつきました。

お二人のお力添えがなければできなかったことと感謝しております。

また、写真家・尾崎まこと氏による写真が表紙を飾ってくれました。あわせてここにお礼を申しあげます。

今日までの四十余年、重度の自閉症者として生きる息子を見守りながらも、集中してデスクに向かえるのは、息子たち障がい者のために昼夜にわたり生活の場を維持してくださる施設支援員の皆様のお蔭です。

また、夜遅くまでパソコンに向かう私を気遣い、洗い物からゴミ出しと主婦業を手伝い、時には難しいパソコン操作を操り、マネージャー役を担ってくれた夫に、心から感謝の気持ちを伝えたいと思います。

平成二十八年　七月

鎌倉育子

著者略歴

鎌倉育子（かまくら・いくこ）

1940年　大阪府堺市生まれ
大阪府南河内郡河南町在住
作家養成スクール心斎橋大学大学院在籍

2006年　伊参スタジオ映画祭シナリオ「潔い花火」審査員奨励賞
2015年　松栄堂　第30回香・大賞「蝋梅」環境大臣賞

著書『あしたに望みを―知恵なきことを悲しみとせず―』
（2001年　竹林館）

息子の流儀と私 ―― 知恵なきことを悲しみとせず

2016年9月20日　第1刷発行

著　　者　鎌倉　育子
発 行 人　左子真由美
発 行 所　㈱竹林館
〒530-0044　大阪市北区東天満2-9-4　千代田ビル東館7階FG
Tel　06-4801-6111　Fax　06-4801-6112
郵便振替　00980-9-44593　URL http://www.chikurinkan.co.jp
印刷・製本　㈱国際印刷出版研究所
〒551-0002　大阪市大正区三軒家東3-11-34

© Kamakura Ikuko　2016 Printed in Japan

ISBN978-4-86000-340-1　C0095

定価はカバーに表示しています。落丁・乱丁はお取り替えいたします。